오늘 밤은
스웩이 넘칠 거야

오늘 밤은 스웩이 넘칠 거야

초판 1쇄 펴낸날 2024년 3월 22일
초판 2쇄 펴낸날 2024년 4월 29일

지은이 강경수
펴낸이 홍지연

편집 홍소연 이태화 김선아 김영은 차소영 서경민
디자인 이정화 박태연 박해연 정든해
마케팅 강점원 최은 신종연 김가영 김동휘
경영지원 정상희 여주현

펴낸곳 ㈜우리학교
출판등록 제313-2009-26호(2009년 1월 5일)
제조국 대한민국
주소 04029 서울시 마포구 동교로12안길 8
전화 02-6012-6094
팩스 02-6012-6092
홈페이지 www.woorischool.co.kr
이메일 woorischool@naver.com

ISBN 979-11-6755-257-0 43810

만든 사람들
편집 차소영
교정 김미경
디자인 박해연

강경수 장편소설

오늘 밤은 스웩이 넘칠 거야

우리학교

차례

우주

INTRO

검은 하늘에서 굉음과 함께 밝은 빛이 번쩍였다. 마블 영화에 나오는 특수 효과처럼 화려한 빛이 밤하늘을 수놓았다. 동네에서 그 빛을 보지 못한 사람이 없을 정도였다. 근시가 심한 사거리 구둣방 할아버지도 봤고, 리어카에 폐지를 잔뜩 싣고 가던 고물상 김 영감님도 봤고, 엘리베이터에서 마주치면 인사도 안 하는 19층 꼬맹이도 봤다.

하지만 아무도 그 번쩍이는 빛과 소음을 기괴하게 여기지 않았다. 북극에 펼쳐지는 오로라처럼, 아니면 천둥이나 번개처럼 자연적인 현상이라 여겼다. 먹고 마시고 잠을 자고 살아가는 데 불편함이 없다는 이유로 별다른 의문을 가지지 않았다.

관심을 두는 사람이 있다 해도 그것은 이틀을 넘기지 못했다.

나 역시 마찬가지였다. 불벼락이 떨어진 것도 아니고 그저 밤하늘에 빛이 몇 번 번쩍였다고 해서 인생에 큰 변화가 올 거라고는 전혀 생각지 못했다. 아니, 그런 생각 자체를 안 하는 게 맞는 일이었다.

그러나 모든 이야기는 이런 지점에서 시작된다. 아무도 관심 없는, 스쳐 지나가도 전혀 상관없는 미시 세계의 어떤 것이 나의 일상으로 침투하는 순간. 이야기는 변화무쌍해지고 특별해졌다. 앞으로 들려줄 이야기는 그런 종류의 것이다. 말리의 표현을 빌리자면 '스웩' 넘치는 사건이었다.

TRACK 1

금요일 새벽 한 시. 불 꺼진 거실에서 커다란 빈백을 베고 누웠다. 나른하고 조금 무기력한 기분이 들었지만 나쁘지 않았다. 75인치 텔레비전에서는 이름 모를 고전 영화가 흘러나오고 있었다.

나는 옛날 영화가 좋다. 내가 옛날 영화에 흥미를 갖게 된 건 할아버지 때문이다. 바래고 뿌연 화질, 사람들의 촌스러운 옷차림과 소품들. 그렇다고 1960년대의 까마득한 옛날 영화를 좋아하는 건 아니다. 내가 좋아하는 건 지금으로부터 20~30년 전 영화들이었다. 그것들은 적어도 넷플릭스 오리지널 영화보다 훨씬 재밌었다. 스토리도 짜임새 있고 연기도 좋았다. 무엇보다 그때 영화는 사람을 가슴 뛰게 하는 열정 같은 게 있었다.

사실 나에겐 꿈이 있다. 바로 영화감독이 되는 것이다. 꿈이라는 것은 지금으로서는 한참 멀었고, 가능성이 매우 적다는 말이다. 하지만 실망하지 않는다. 아직 내 나이가 열여섯 살(생일이 지나지 않았다)밖에 안 됐기 때문이다. 영화감독이 되려면 일단 영화를 많이 봐야 한다. 당연한 말이다. 목적지에 가기 위해 열차를 타야 하는 것과 같다. 그러나 당연한 것을 지키려면 얼마나 많은 노력과 희생이 필요한지 다들 잘 알 것이다. 정의, 사랑, 세계 평화 같은 것. 너무 많이 쓰여서 이제 그 의미마저 퇴색한 것들을 이루기 위해 우리는 노력하지 않는가. 내가 영화감독을 향해 가는 여정에도 비슷한 것들이 존재한다.

사회적 타성에 젖은 사람이라면 나를 학생이라는 신분으로 정의할 것이다. 머릿속을 영단어와 수학 공식으로 가득 채워야 할 존재 말이다. 그런 존재가 자이언트 빈백에 비스듬히 누워 팝콘을 씹으며 75인치 텔레비전으로 영화를 보는 모습은 반사회적인 인상을 주기 십상이다. 특히나 가족 구성원들에게는. 미래에 니트족이 된 채 집에 틀어박혀 자신들의 연금을 갉아먹을지 모른다는 불안감을 일으킬 것이다.

"잘하는 짓이다."

안방에서 나온 엄마가 말했다. 새벽에 마주친 아들에게 어울리는 대사다.

"준호 이 녀석 아직도 안 자고 있어? 아니, 저거 커서 뭐가 되려고 저러나. 쯧."

아빠의 혀 차는 소리가 들렸다.

평소 말 없고 점잖은 편인 아빠까지 저럴 정도면 분위기가 대충 짐작될 것이다. 곰곰이 생각해 본다. 이 집의 귀염둥이로 산 지 꽤 오래되었건만 어찌하여 존경하는 부모님은 아들을 믿지 못하고 닦달하는 것인지. 사랑은 믿음에서 비롯된다는 사실을 누구나 알고 있다. 사랑은 받는 것이 아니라 주는 것이다. 그렇다면 아들을 믿고 미래를 응원하며 사랑과 더불어 용돈도 넉넉히 주시는 게 좋을 듯한데. 부모님의 과도한 사랑과 걱정으로 내 주말 밤은 막을 내렸다. 나는 조용히 텔레비전을 끄고 몽골군의 침입에 꽁무니를 뺀 유럽의 왕처럼 내 방으로 도망쳤다.

"여유를 가지게. 새로운 내일이 있으니까."

〈제리 맥과이어〉에 나온 말처럼, 여유를 갖고 목표를 설정해야 한다. 서두른다고 되는 게 아니다. 모든 목표는 집을 짓는 것에 견줄 수 있다. 주춧돌을 놓고 기둥을 세우고 벽을 친 다음, 담을 쌓고 지붕을 올린다. 못된 늑대가 쓰러뜨리지 못할 만큼 튼튼한 집. 얼마 전 엄마에게 이런 이야기를 했더니 엄마가 말했다.

"건축에 관심 있니? 대학 전공 건축으로 할래? 요즘은 건축

가도 인기 많다더라. 텔레비전에도 나오잖아."

내 의도와 전혀 다른 반응에 살짝 두통이 왔다. 뭔가에 쫓기고 조급한 사람들은 은유를 즐기지 못하나 보다. 고개를 젓는 내게 엄마는 언제까지 현실 도피를 즐길 수 있을지 두고 보자고 했다. 부모님은 내가 영화감독을 꿈꾸는 게 작금의 현실을 도피하려는 행태가 아닌지 의심했다. 그건 절대 아니었다. 학교가 끝나면 영어 학원으로, 수학 학원으로, 논술 학원으로 옮겨 다니다가 국어 그룹 과외를 받고 밤 열두 시까지 영단어를 암기하는 나의 삶을 피하고 싶은 게 아니었다.

다만 나는 자유로운 영혼이 되고 싶었다. 남들과 똑같이 그저 그런 삶, 넥타이를 매고 신도림 환승역에서 두 발이 둥둥 뜬 채 이동하는 샐러리맨의 삶을 살고 싶은 게 아니었다. 이 말을 했다가 엄마에게 등짝을 맞았다. 엄마는 이성을 잃고 〈킬빌〉의 우마 서먼처럼 국자를 휘두르며 추가 타를 날리려 했지만, 방으로 도망친 나에게 더는 위협이 되지 않았다. 전투는 언제나 나의 패배로 이어졌다.

이런 언쟁이 벌어질 때마다 '말리'가 부럽다. 말리는 유치원부터 초등학교, 중학교를 함께 다닌 불알친구다. 고등학교는 같이 다니지 않지만, 그래도 나의 가장 친한 친구라 할 수 있다. 물론 말리가 본명은 아니다. 말리의 본명은 '이승철'인데 중학교 3학년 겨울 방학을 기점으로 자기를 말리로 불러 달라고 했다. 케이블 채널에서 랩 오디션 프로그램이 엄청난 인기를 끌 때였다.

"섭, 일단 래퍼가 되려고."

말리가 짧게 말했다. 나는 그 말을 듣고 코웃음 쳤다. 물론 나는 녀석을 이미 '낙지 대가리'라고 부르고 있었기 때문에 말리든 뭐든 이상할 건 없었다. 하지만 난 녀석이 '말리'라는 이름을 쓰는 걸 말리고 싶었다.

"왓엽! 비웃어? 넌 뭐가 될 건데?"

"영화감독."

이번에는 말리가 코웃음 쳤다.

"왜 하필 래퍼야? 유치원에서 한글도 늦게 깨친 놈이."

내가 물었다.

"그냥, 그냥 어른이 돼서 신도림 환승역을 두 발이 둥둥 뜬 채 이동하는……."

"직장인이 되고 싶지 않다?"

"댓츠 라잇."

말리가 고개를 끄덕였다. 장소는 우리 집이었지만, 다행히 우리 얘기를 듣는 우마 서먼이 없었다. 그리고 저 말은 내가 먼저 했다. 래퍼가 되겠다는 놈이 벌써부터 표절이라니.

말리는 나와 같은 나이인데도 내가 받는 스트레스를 전혀 겪지 않았다. 공부라든가, 대학 입시라든가 하는. 오히려 말리는 집에서 콩 볶이듯 볶이는 나를 부러워했지만, 그건 바보 같은 짓이다. 말리의 부모님은 맞벌이를 해서 아들에게 신경을 덜 쓸 수밖에 없다. 사랑이 부족한 게 아니라 함께하는 시간이 적을 뿐. 언젠가 시골에 정착할 생각인 말리의 부모님은 아들의 생활 태도를 크게 문제 삼지 않았다. 정 할 거 없으면 농사를 지으면 된다는 입장이었다. 이 얼마나 대범한 발상인가.

그리하여 말리는 나보다 조금 더 자유로운 영혼으로 성장할 수 있었다. 가끔 담배도 피우고, 술도 좀 먹을 줄 아는 고등학생. 물론 난 그런 걸 지지하지는 않는다. 다만 말리의 자유의지를 존중할 뿐이다. 자유란 소중한 것 아니겠는가. 남의 자유를 소중하게 여기는 나는 나의 자유도 박탈당하지 않으려고 노력했다.

"캠코더가 필요한데요."

어느 화창한 초여름 저녁. 주방에서 삼치를 굽고 있던 엄마에게 말했다. 엄마는 동해 바다 깊은 곳에서 온 삼치 굽던 손을 멈췄다.

"뭐라고?"

엄마가 뒤도 돌지 않은 채 물었다.

"아닙니다."

내 대답에 엄마는 다시 삼치를 구웠다.

나는 답답한 마음에 베란다 너머를 바라봤다. 초여름의 붉은 노을이 아파트 단지를 물들이고 있었다. 대로변에서는 알 수 없는 공사가 한창이었다. 병아리같이 노란 안전모를 쓴 사람들이 뭔지 모를 탑을 세우는 모습이 보였다. 밋밋한 형태의 거대한 기둥이었다. 크레인까지 동원된 걸 보니 미사일 방어 기지라도 세우는 건가 싶었다. 동네 여기저기에서 저런 공사를 하는 게 보였다.

아, 저 안에도 수많은 삶이 있을 텐데. 영화로 찍는다면 뭔가 휴머니즘 넘치는 이야기가 나오지 않을까? 홀로 자식을 키우며 허리 디스크의 고통을 참는 가장의 이야기, 아니면 파헤친 땅에서 야쿠자의 돈다발을 발견하고 펼쳐지는 누아르, 그것도 아니면…….

그때 두루마리 휴지가 날아와 내 뒤통수를 강타했다.

"준호, 엄마 말 안 들려?"

엄마가 외쳤다.

"응? 무슨 말 했어요?"

"내가 식탁에 수저 놓으라고 한 말, 못 들었어?"

당연히 못 들었지요. 나는 새로운 영감을 떠올리고 있었으니까. 그리고 아까 캠코더 얘기 무시한 것 때문에 나도 기분이 상한 상태다. 어기적거리며 걸어가 엄마의 명령대로 식탁 위에 수저를 놓고 냉장고에서 반찬통을 꺼내 놓았다. 내가 이루고자 하는 큰 목표에 도달하기 위해 때로는 몸을 바짝 낮출 필요가 있는 법이다. 뚱한 얼굴로 반찬통 뚜껑을 열고 있는데 엄마가 팔짱을 끼고 나를 쳐다봤다.

"캠코더가 필요하다고?"

"어? 뭐야. 엄마 듣고 있었잖아."

나는 달뜬 목소리로 엄마에게 말했다.

"니가 지금 캠코더 타령할 때야? 내신에 신경 써야지. 너 이렇게 가다가는 죽도 밥도 안 돼. 그리고 요즘 휴대폰 성능 좋잖아. 유명 감독들도 아이폰으로 영화 만들고 하던데."

엄마가 말했다.

"어머님, 그거 아십니까. 휴대폰으로 영화를 찍는다는 건 현대 사회의 상술입니다. 휴대폰이 카메라보다 뛰어날 수가 없지요. 제가 단언컨대 촬영만 휴대폰이지 수많은 스태프에 조명과 후보정이 만들어 낸 사기입니다. 어머니께서도 역세권 40평 아파트가 2억이라면 믿으시겠습니까?"

나는 정글에서 만난 표범을 달래듯 말했다.

"정신 차려, 준호야. 엄마도 시간을 두고 너를 이해해 보려고 노력했지만, 부모로서 아들의 미래를 그냥 두고 볼 수는 없어. 너 그렇게 태평하게 굴다 나중에 어떡할 생각이야?"

"엄마는 아들이 꿈을 이루려는 게 싫어? 같은 말도 계속하면 나도 짜증 나."

나는 고개를 숙이고 조용히 말했다. 재작년에 돌아가신 할아버지가 떠올랐다. 할아버지라면 분명 내 꿈을 응원해 주셨을 것이다.

"여자애들을 많이 만나 봐. 결국, 그게 남는 거고 인생의 경험이야. 준호야, 넌 꼭 그렇게 해라. 할애비가 못 이룬 걸 이뤄야 해."

초등학생 때 나는 할아버지가 무슨 말을 하는지도 모르면서 고개를 끄덕였다. 내가 잠시 할아버지를 떠올리는 동안 엄마는 계속 나를 쳐다보고 있었다.

"영화감독이 되겠다고?"

나 자신도 그 질문에 확신이 없었지만 고개를 끄덕였다.

"그래서 캠코더가 필요하다고?"

또 고개를 끄덕였다. 좋은 징조 같았다. 어릴 적에 이런 식으로 원하는 걸 얻어 낸 기억이 떠올랐다.

"네가 좋아하는 감독이 누구야? 엄마도 한번 들어 보자. 과연 우리 준호가 어떤 분들을 존경해서 영화감독이 되려는지는 알아야겠지?"

음, 이건 좀 위험하다. 엄마가 저렇게 구체적으로 나오는 건 나의 의지를 논리적으로 꺾으려 한다는 뜻이었다.

"봉준호 감독이랑 박찬욱 감독. 그리고 조지 밀러."

언젠가 시네마테크에서 〈매드맥스: 분노의 도로〉를 본 뒤로 나는 조지 밀러 감독의 광팬이 됐다. 〈매드맥스〉를 보고 난 뒤 한동안은 톰 하디가 된 것마냥 어깨에 힘을 잔뜩 주고 목소리를 깔고 다닐 정도였다. 대단한 영화였다. 말리도 내 의견에 동의했다. 녀석은 차를 사랑하니까. 조지 밀러가 만든 〈꼬마 돼지 베이브 2〉도 의외이긴 하지만 역시 좋은 영화다. 엄마는 휴대폰을 꺼내더니 무언가를 검색했다.

"박찬욱 감독. 서강대학교 철학 학사. 봉준호 감독. 연세대학교 사회학 학사. 조지 밀러 감독. 뉴사우스웨일스대학교 의학."

엄마는 나지막이 말하고는 자신의 뜻을 충분히 전달했다는 듯 입을 닫았다. 삼치가 식어 가고 있었다. 삼치는 식으면 비린내가 난다. 캠코더 이야기는 없던 것으로 하고 사랑과 정이 넘치는 오붓한 저녁 시간으로 돌아가고 싶었다. 아빠는 왜 이렇게 늦는 걸까.

"그러니까 엄마는 지금 내가 공부를 해서 좋은 대학에 가야 한다는 거지? 내가 존경하는 감독님들처럼."

"잘 생각해 봐. 네가 그토록 좋아하고 존경하는 영화감독들도 감독이 되겠다고 집 안에 누워서 영화만 주구장창 보다가 어느 날 갑자기 입봉했을까? 아니면 남들처럼 열심히 공부하면서 자신의 길을 갈고닦았을까?"

논리적이었다. 엄마는 역시 어른이다. 사실 어느 정도 맞는 말이기도 했다. 하지만 인정하기도 싫었다. 여기서 인정하면 내 금요일 밤은 없다.

"나도 모르겠어. 공부는 하기 싫단 말이야. 재미없는 걸 어떻게 열심히 하겠어. 그게 내 문제야. 난 이 집의 구제 불능이야."

나는 풀이 죽어서 어깨를 떨구며 말했다.

"너도 목표가 있잖아. 엄마가 그걸 반대하는 게 아니야. 다만 네가 이루고자 하는 목표가 방구석에 가만히 누워 있는다고 되는 게 아니라는 거지."

"나도 알아."

내 입에서 기운 빠진 목소리가 새어 나왔다.

"과외 받아."

엄마가 짧게 말했다.

나는 눈을 동그랗게 뜨고 엄마를 쳐다봤다. 엄마는 허리춤에 양손을 올리고 굳건한 표정으로 나를 보고 있었다. 과외라니? 이런 빡빡한 스케줄 속에 무리한 요구 아닌가, 라고 묻고 싶었다.

"그럼 캠코더 사 줄게."

엄마의 말에 머릿속 계산기를 두드려 봤다. 아무래도 경제권이라는 게 전혀 없는 나로서는 선택의 여지가 없었다. 최대한 싫은 척하며 엄마의 제안을 받아들이는 수밖에. 이번에는 작전상 물러나야 할 타이밍이었다.

그런데 캠코더가 생긴다고 해서 내가 뭘 할 수 있을지 의문이었다. 진짜 내가 원하는 걸까? 영화를 만드는 걸? 확신이 들지 않았다.

그때 현관문 열리는 소리와 함께 아빠가 들어왔다.

"어우, 뭐야. 집에서 웬 생선 비린내가 이렇게 나?"

TRACK 2

나는 엄마의 바람대로 국어 과외를 하나 더 받기로 했다. 위대한 영화감독이 되기 위해 캠코더가 필요했기 때문이다. 무슨 일이든 그렇지만, 무엇을 이루기 위해서는 그에 걸맞은 게 필요하다. 사냥에는 돌도끼가, 수영에는 오리발이, 래퍼에게는 마이크가 있어야 하듯이 위대한 영화감독이 되려면 당연히 캠코더가 있어야 했다. 캠코더만 있으면 멋진 영화가 저절로 생길 것 같았다.

"안녕. 만나서 반갑다."

아름다운 목소리가 내 귀에 울렸다.

살면서 누구나 한 번쯤은 영화 같은 순간을 경험한다. 동공이 커지고 심장이 두근대며 누군가에게서 뿜어져 나오는 광채를 느끼는 순간. 그런 순간이 지금 우리 집 거실에 펼쳐지고 있었다.

현관문을 열고 들어온 과외 선생님을 보자 진부한 표현이지만 시간이 천천히 흐르는 듯했다. 〈라라랜드〉에서 하늘을 날던 에마 스톤처럼 그녀가 우리 집 거실로 들어왔다. 노란색 원피스를 입은 과외 선생님은 긴 갈색 머리에 눈이 상당히 크고 예뻐 이국적인 분위기를 풍겼다. 선생님은 하얀 치아가 드러나도록 시원스럽게 웃고는 손을 내밀었다. 나는 마치 이 순간을 위해 살아온 것처럼 선생님의 손을 잡고 공중에 떠올라 베란다 창을 열고 날아갈 준비를 했다. 아득한 높이에 망설이는 나를 본 선생님이 살짝 미소 짓더니 두 발을 띄워 달을 향해 날아올랐다. 나도 따라 웃으며 날아오르는데…….

"뭐 해? 선생님한테 인사 안 하고."

엄마의 말을 듣고 다시 현실에 발이 묶였다.

"아, 네. 안녕하세요, 선생님."

나는 앞으로 이 여성과 사랑에 빠지리라는 강렬한 예감에 사로잡혔다. 첫눈에 반한다는 뻔한 이야기. 그것은 다른 모든 것을 제쳐 두고 16년 내 인생에서 가장 중요한 사건으로 떠올랐다.

"김준호입니다. 잘 부탁드립니다, 선생님."

나는 과외 선생님에게 고개 숙여 인사했다. 좀 더 멋진 말로 나를 꾸며 보고 싶었지만, 어찌 된 일인지 입이 움직이지 않았다. 선생님은 웃으며 손을 내밀었다. 내게 반지가 있었다면 그 아름다운 손가락에 바로 끼웠을 것이다.

“반가워. 난 이아리라고 해. 앞으로 잘해 보자.”

나는 과외 선생님의 보드라운 손을 잡고 살짝 흔들었다. 앞으로 잘해 보자, 라고 되뇌면서. 물론 그럴 생각이다. 앞으로, 옆이나 뒤, 온 사방으로 잘해 볼 생각이다. 엄마는 16년 동안 키워 온 아들놈의 어벙한 반응에 의심의 눈초리를 보냈다.

“그래서 결론은 그 과외 샘이 예쁘다는 것?”

말리가 물었다.

우리는 햇볕이 내리쬐는 오후에 편의점 파라솔 아래에서 만났다. 플라스틱 의자에 앉아 아이스바를 먹으면서 나는 말리에게 고개를 끄덕였다.

“운명이지. 아리 샘과 나의 만남은.”

“썹, 브로, 또 앞서 나가기 시작하네.”

말리가 정색했다.

“어허, 형님 말씀하시는데 자꾸 토 달고 그럼 못쓴다.”

나는 점잖게 말리를 타일렀다.

말리는 엑스 라지 사이즈의 펑퍼짐한 뉴욕 닉스 농구복을 입고 있었다. 목에 걸린 커다란 헤드폰에서는 외국 래퍼의 알 수 없는 욕이 연신 들렸다. 녀석의 머리는 폭탄을 맞은 듯 츄파춥스 막대 사탕처럼 동그랗게 부풀어 우스꽝스러웠다. 하지만 그런 말은 입 밖에 내지 않았다. 문화란 다양성이 공존해야 하지 않겠는가.

"그래서 그 예쁜 샘이랑 공부하니까 머리가 팽팽 돌아가?"

"난 공부를 하기 위해 태어난 것 같아. 아리 샘 입에서 흘러나온 옥구슬 굴러가는 목소리가 내 외이도를 지나 달팽이관을 사정없이 후려치더라. 그러니 머리에 쏙쏙 들어올 수밖에."

나는 녹기 시작하는 아이스바를 밑에서부터 위로 핥아 먹었다. 그 모습을 본 말리가 인상을 찌푸렸다.

"브로, 더럽게도 먹네."

"웬 시비? 이쁜 샘이랑 과외 한다니까 부럽냐?"

"뎀! 뭐라는 거야? 나 공부랑 담쌓은 거 모르냐? 브로, 이 몸은 곧 랩 오디션에 나갈 거라고. 거기서 이제껏 갈고닦은 내 실력, 블링블링 래핑을 속삭일 거고 무대를 찢어 버리쥐. 그리고 너는 놀라 팬티에 지리쥐. 내 손에 쥐어지는 합격 목걸이. 유남생?"

말리는 뒷주머니에서 도끼빗을 꺼내더니 자신의 폭탄 머리에 쑤셔 넣었다. 꼬마 돈가스에 포크를 박아 넣듯이 푹푹. 편의점 알바 형님이 계산대에서 불안한 눈빛으로 우리를 주시했다. 알바 형님은 우리가 쓰레기를 땅바닥에 버리지는 않는지,

의자를 걷어차지는 않는지 감시하고 있었다.

"넌 참 꿈도 야무지다. 래퍼는 아무나 되는 줄 아냐?"

"왓 두유 민? 브로."

"아니 그러니까, 너 유치원에서 한글 제일 늦게 떼서 너네 엄마 얼마나 속상해하셨냐. 그리고 래퍼면 영어로 가사도 좀 쓰고 그래야지. 너 영어 몇 등급이냐? 멋들어지게 가사나 쓸 수 있겠어?"

나는 말리의 앞날을 위해 냉정하게 충고했다.

"아니, 투팍이 MIT를 나왔어? 아니면 스눕 독이 매사추세츠 공대를 나왔어? 래퍼는 그런 거 필요 없어. 그냥 멋있으면 댓츠 올 라잇!"

말리에게 MIT와 매사추세츠 공대는 같은 곳이라는 말을 하려다 말았다. 따지고 보면 방금 전에 한 말은 나의 실수다. 며칠 전 엄마가 내게 한 말과 같은 패턴이었다. 아직 자라나지 않은 미래의 새싹을 미리 재단하는 것. 그건 안 될 말이지.

"미안. 네 말 듣고 보니 그런 것도 같네."

빠른 사과. 말리는 고개를 끄덕이며 손으로 오케이 사인을 보냈다. 단순 명료. 내가 말리를 좋아하는 이유다. 아무리 화가 나도 물고기처럼 3초면 다시 기분이 괜찮아진다. 좋게 말하면 뒤끝이 없다.

"브로, 이것 좀 봐."

말리가 휴대폰을 내밀었다. 화면 속에는 말리가 팔로우한 인스타 계정이 쭉 나열되어 있었다. 하나같이 펑퍼짐한 옷을 입고 허리가 아픈지 구부정한 자세에 거북목을 한 채 손으로 거꾸로 된 브이 자를 하고 있는 사람들이었다.

"이게 뭔가?"

내가 물었다.

"뭐긴, 유명 래퍼들이지. 세계에서 가장 잘나가고 인기 많은 래퍼. 내 롤 모델이라고나 할까. 여기 잘 봐 봐."

말리는 그중에서 어떤 흑인의 인스타를 보여 줬다. 그는 검은 선글라스를 쓰고 여러 갈래로 땋은 머리를 하고 있었다. 땋은 머리를 뒤로 바짝 넘긴 탓에 그러잖아도 넓은 이마가 더 넓어 보였다. 두툼한 입술 사이로 금니가 반짝였고, 얼굴에는 다이아몬드와 십자가 문신이 있었다. 게시물을 살펴보니 전용기 안에 돈다발을 쌓아 놓은 사진, 지폐를 태워 담배에 불을 붙이는 사진, 요트 위에 거의 벌거벗다시피 한 여자들과 있는 사진, 금색 샴페인 병을 들고 파티를 즐기는 사진 따위가 있었다.

"이 사람 부자야?"

"오, 브로. 그걸 말이라고 해? 세계적인 스타라고. 아이스 크랙. 빌보드 싱글 차트 1위! 유남생?"

말리가 아이스바를 핥으며 말했다.

"아니, 뭔 현금을 이렇게 가지고 다녀? 래퍼는 카드 안 써?"

내 물음에 말리가 한심하다는 듯 쳐다봤다.

"브로, 이게 스웩이라는 거야. 래퍼들만의 스웩. 성공한 삶의 표본이지. 나도 언젠가 이렇게 성공할 거라고."

말리는 편의점 의자에 등을 기대며 말했다. 너무 기대는 바람에 뒤로 넘어질 뻔했다.

"그럼 너도 만 원짜리에 불붙여서 담배 피울 거야?"

"노우. 담배는 건강에 해롭지. 냄새도 독하다고."

혹시라도 말리가 크게 성공해서 지폐로 담배에 불을 붙이게 된다면 라이터를 준비해서 옆에 대기할 생각이었다. 지폐는 내가 가지면 되니까. 나는 말리에게 옛 친구를 잊지 말라고 당부했다.

"오브 코스, 브로. 원래 슈퍼스타들은 동네 친구를 잊지 않는다고. 네가 내 차를 운전하고 세차해야 하니까. 또 파티가 끝나고 청소할 사람도 있어야 하지."

말리는 폭탄 머리를 흔들며 윙크를 했다. 나는 녀석에게 가운뎃손가락을 들어 보였다.

"운전도 못 하는 놈이 차는 무슨."

"헤이, 올해 원동기 시험 볼 거야. 남몰래 필살 연습을 하고 있지. 그다음엔 운전 면허를 딸 거야. 면허증 나오면 한번 구경시켜 줄게."

말리는 차를 좋아했다. 길을 가다가도 좋은 차가 지나가면 저게 어떤 차인지, 언제 나온 모델인지, 편의성과 연비와 디자인이 어떤지 열변을 토했다.

"캬, 저 날렵하게 뻗은 테일 램프와 크롬 가니시가 역동적이야. 게다가 후드로 이어지는 캐릭터 라인은 언빌리버블!"

녀석이 〈매드맥스〉를 좋아하는 것도 순전히 자동차 때문이었다. 난 자동차에는 별 관심이 없다. 내가 아는 차라고는 마리오 카트밖에 없었다.

"뭐, 성공하면 좋지. 내가 영화감독으로 입봉하고 아카데미 시상식에서는 네가 축하 공연을 하는 거야. 최우수 작품상이랑 감독상에 내 이름이 호명되면 수상 소감을 말하는 도중에 반지를 꺼내 아리 샘한테 청혼하는 거지. 딱 좋네."

"바로 그거지, 마이 맨."

우리는 허공에서 주먹을 맞부딪쳤다. 물론 허세 가득한 말이었지만, 그런 것마저 없이 10대를 살아가기에 세상은 너무 각박하다. 우리는 허풍과 웃음과 거짓말을 윤활유 삼아 세상을 버텨야 했다. 언젠가 각자가 바라는 인생을 찾을 때까지.

"아무튼, 난 학원 갈 시간이다."

아이스바를 거의 다 먹어 갈 즈음 내가 말리에게 말했다. 말리가 고개를 끄덕였다.

"오케이. 나도 노래방 가서 연습이다. 노래나 몇 곡 뽑아야겠어."

말리와 나는 알바 형님이 노려보는 가운데 쓰레기를 휴지통에 넣고 테이블을 정리한 다음 일어섰다. 대학교를 휴학 중인 알바 형님은 언제나 안절부절못하며 우리를 쳐다보곤 했다. 그때, 30대 중반쯤 되는 남자가 다가와 방금 전까지 우리가 앉아 있던 파라솔 의자에 앉았다. 자리를 치우자마자 자연스럽게 앉으니 우리가 편의점 직원이 된 듯했다.

30대 형님은 방금 자고 일어난 듯 떡 진 머리에 검은 뿔테 안경, 녹색 추리닝 차림에 슬리퍼를 신고 있었다. 외관상 4수 정도는 한 공시생 분위기였다. 공시생 형님은 테이블 위에 컵라면과 삼각김밥을 올려놓고는 세상의 질서와 규범을 타파하겠다는 듯 이어폰도 꽂지 않고 휴대폰 볼륨을 높여 방송을 시청했다. 마치 모두에게 알려야만 할 사실이 있다는 듯이. 말리와 나는 공시생 형님의 굉장한 포스에 눌려 얼른 자리를 떠야겠다고 느꼈다.

바로 그때, 휴대폰에서 흘러나온 뉴스에 귀가 쫑긋 섰다.

“최근 상양동에서 벌어지는 괴사건에 대한 소식을 전해 드리겠습니다. 안 그래도 흉흉한 세상인데 이 소식으로 걱정이 더 커질 듯해 우려됩니다.”

“그렇습니다. 간략하게 말씀드리자면 어제 상양동에서 신원 미상의 사체가 발견됐습니다. 그런데 특이한 점은 발견된 것이 사람의 피부 가죽이라는 사실입니다."

"피부 가죽이요?"

"네, 그렇습니다. 벌써 세 번째입니다."

"그게 어떤 특이점이 있을까요? 사체가 나온 것 아닌가요?"

"바로 그 점이 이상합니다. 사체라면 당연히 다른 장기나 근육 조직, 뼈 등이 있어야 하지 않겠습니까?"

"그렇죠."

"그런데 현장에서 발견된 것은 오로지 사람의 피부 가죽뿐이었습니다. 아마 이렇게 말씀드리면 이미지를 떠올리기 쉽지 않으실 텐데요. 영화에서 분장할 때 쓰는 소품 있잖습니까. 그런 것과 비슷하다고 보시면 될 것 같습니다."

"현장에서 피부 가죽, 그러니까 사람의 것으로 추정되는 것이 나왔다……. 그렇다면 살인이나 다른 범죄가 아닐 수도 있잖습니까? 정말로 영화에 쓰이는 소품 같은……. 이것을 살인 사건이라고 단정할 수 있을까요?"

"이런 피부 가죽이 처음 발견된 것은 2주 전입니다. 방금 말씀하신 것처럼 발견된 당시에는 살인 사건이라 생각한 사람이 없었습니다. 조금 엽기적이긴 하지만 분장을 위한 소품일 수 있으니까요. 그런데 국과수에서 피부를 분석한 결과, 인간의 DNA를 고스란히 간직하고 있다는 사실이 밝혀졌습니다. 그러니까 소품이나 분장 도구가 아닌 진짜 피부였던 겁니다."

“네? 정말 엽기적인 사건이군요. 평범한 동네에서 그런 일이 벌어지다니……. 그럼 살인 사건이라 보는 게 맞겠군요. 여러 건 발견됐다면 연쇄 살인일 가능성도 있는 것 아닌가요?”

“단정할 수 없는 일입니다. 살인 사건의 정황도 없고, 실종 신고도 없습니다. 조금 전 말씀드렸듯 다른 장기나 뼈, 근육 조직은 전혀 없고 피부 가죽만 깨끗하게 남아 있습니다. 미스터리한 일입니다. 경찰에서도 이 부분을 집중적으로 수사할 예정입니다. 이것이 만약 연쇄 살인 사건의 단서가 된다면…….”

공시생 형님은 여기까지 듣더니 흥미가 떨어졌는지 채널을 돌려 예능 프로그램을 보기 시작했다. 최근 대세 걸 그룹의 신나는 노래가 편의점 파라솔 아래에 울려 퍼졌다.

방금 들은 뉴스를 곱씹어 보니 뭔가 현실감이 떨어졌다. 이 조그만 동네에서 그런 일이 벌어졌다고? 금시초문이다. 흡사 데이비드 크로넨버그가 만든 변태적인 호러 영화 같았다. 그런 것은 학원 갈 시간이 다 된 고교생과 동떨어진 이야기다. 말리와 나는 공시생 형님의 방송을 훔쳐 듣다 편의점 앞에서 헤어졌다.

TRACK 3

아름다운 저녁이었다. 물론 사람마다 다르겠지만. 이 세상 어딘가에서 상상조차 못 할 범죄가 벌어지고 있다 해도, 내게는 아름다운 저녁이었다. 나 혼자 이런 행복을 맛보는 것이 지구인들에게 미안할 지경이었다.

초여름의 후텁지근한 공기가 가라앉은 선선한 저녁, 나는 아리 샘과 좁디좁은 내 방에서 책상을 앞에 두고 붙어 앉아 있었다. 호르몬이 폭발하는 16세에게는 감당하기 조금 버거운 일이었다. 과외의 본래 목적에 전혀 도움이 안 된다는 단점이 있었지만, 그리 큰 문제는 아니었다.

아리 샘은 파란색 반소매 티에 물 빠진 청바지 차림으로 내 옆에 앉아 옥구슬 굴러가는 목소리로 김광섭의 「겨울날」이라는 작품을 설명했다.

"자, 여기 (가)와 (나)에 대한 이해로 적절한 게 뭘까? 의태어로 시적 상황을 드러낸 것, 질문에 대한 의식을 강조한 것, 아니면 대화 방식을 통해 주제를 말하는 것, 아니면……."

큰 눈을 굴리며 아리 샘이 말했다. 나는 아리 샘의 질문에 대답해야 하는 처지였지만, 답이 뭔들 별 관심이 없었다.

"선생님 의견은 어떠신가요?"

내가 물었다. 나의 질문에 아리 샘은 조금 당황한 듯했지만 이내 웃음을 머금고 말했다.

"준호야, 선생님이 질문한 거 같은데."

"맞습니다. 그런데 제가 국어를 그리 좋아하지 않아요. 어릴 때 장독대에 머리를 박아서 혹이 크게 났는데, 요기 보이시죠? 그 뒤로 이상하게 말귀가 어두워졌어요. 그래서 선생님의 의견과 문제 해설을 듣고 싶습니다."

내가 공손한 태도로 말하자 아리 샘이 또 웃었다. 나쁘지 않은 분위기였다. 아리 샘이 문제를 조곤조곤 해설해 주자 작가의 의도와 문제의식과 주제와 사랑과 평화가 선명하게 드러났다.

아리 샘과 과외를 시작한 지 30분이 흐른 뒤에는 자연스럽고 편한 분위기에서 대화를 나누게 되었다.

"선생님, 제가 질문 하나 드려도 되겠습니까?"

"뭘?"

"나이가 어떻게 되시나요? 역시 대학생이니까 저보다 훨씬 어른이시겠죠?"

"어머, 나 늙어 보이니?"

아리 샘이 두 손으로 볼을 감싸며 말했다. 나는 손사래를 치며 도리질했다.

"아니요. 절대 아닙니다. 너무 어려 보이셔서 대학생 같지가 않아요. 오히려 저보다도 더 어려 보이시는데요."

"그래? 고마워, 준호야."

아리 샘의 두 볼이 발갛게 물들었다.

어, 이거 전개가 꼭 멜로 영화 같은걸. 조승우랑 손예진이 출연한 영화. 제목이 뭐였더라? 하여간 아리 샘과 나는 기껏해야 네 살 정도 차이였다. 옛 어른들 말씀에 궁합도 안 본다는 나이 차 아니겠나.

"선생님, 우리 잠깐 쉬었다 해요."

"시작한 지 30분밖에 안 됐는데……."

아리 샘이 말했다. 제 머리로는 한계입니다, 라고 말하려다 그만두었다.

"선생님도 공부가 인생의 전부라고 생각하시나요?"

"에이, 요즘 누가 그래. 공부는 그냥 공부일 뿐이지."

아리 샘은 이쁜 말만 골라 한다.

"그렇죠? 역시 선생님은 다르시군요."

"하지만 아무것도 아니라고 할 수도 없지. 사람이 공부한다는 건 앞으로 나아가는 거야. 계단을 하나씩 밟아 올라가는 거지. 준호 네가 정한 목표를 향해서 말이야. 잘하고 못하고의 문제는 아니라고 봐. 다만 자신을 한계까지 몰아붙인 경험과 노력, 그런 것은 기나긴 인생을 살아가는 데 꼭 필요해. 영화감독이 꿈이라고 했지? 어머님께 말씀 들었어. 지금 공부를 하는 건 그 꿈을 향해 가는 과정이라고 생각하면 좋겠지. 안 그래?"

아리 샘이 이렇게 말하자 엄마가 한 이야기가 떠올랐다. 엄마가 말할 때는 짜증 났는데, 비슷한 이야기여도 아리 샘이 말하니 수긍이 갔다. 옳은 말이다. 노력한 기억과 경험. 사실 아리 샘 입에서 나오는 말이면 뭐든 좋았다.

"그리고 시험 성적이 잘 나와야 내가 과외에서 잘리지 않을 거 아니니?"

"하하, 그렇겠죠. 그럼 제가 선생님의 갑인가 보네요."

내가 너털웃음을 터뜨렸다.

"그렇지. 그러니까 잘 부탁드립니다."

아리 샘이 웃으며 내 어깨를 툭 쳤다. 아리 샘의 섬섬옥수가 닿자 체내에 있는 나쁜 기운과 내 방에 흐르는 수맥이 모두 사라지는 듯했다. 또다시 너털웃음이 나왔다.

언젠가 주워들은 바에 따르면, 여자들이 이성에게 관심을 보일 때 자주 하는 행동 몇 가지가 있다. 첫 번째는 웃음이다. 호감이 있으니 그냥 뭔 말을 하든 웃는다. 두 번째는 스킨십이다. 호감과 애정이 있으니 상대방을 살짝 건드리고 툭 치기도 한다. 마음에 들지 않는 이성 앞에서는 이 두 가지를 절대 하지 않는다고 들었다. 과외를 시작한 지 30분밖에 안 됐는데 벌써 이런 징후가 보이다니 꽤 희망적이다.

언제쯤 아리 샘에게 고백하면 좋을지 예상해 보자. 최소 한 달은 지나야겠지? 아무리 MZ 세대라지만 바로 사랑을 고백하기는 무리였다. 일단 향수와 장미 그리고 정갈하게 적은 손 편지와 함께라면 괜찮지 않을까 싶다. 한강에서 드론 쇼를 해도 좋고. 예식장은 동네 근처면 좋겠다. 내가 김칫국을 마시고 있는 게 아니냐고 생각하겠지만, 내 앞에서 시원스레 웃고 있는 세뇨리타를 본다면 그런 말은 못 할 것이다.

'왓 더! 정신 차려, 브로.'

말리가 내 머릿속에서 외쳤다.

하지만 녀석은 아리 샘과 내가 공유하는 특별한 감정을 헤아리지 못할 것이다. 충분히 이해한다. 조그만 단서들이 모여 하나의 큰 그림을 이루고 결과로 이어진다. 하인리히 법칙! 지금 내게 수집된 물증은 차고 넘치게 많다. 그 전에 한 가지 확인해야 할 것. 나는 거대한 산을 넘을 준비를 마쳤다.

"아리 선생님, 혹시……."

아리 샘의 갈색 머리가 찰랑이며 커다란 눈망울이 내게로 향했다. 눈이 마주치자 가슴이 쿵쾅거리고 호흡이 가빠졌다. 입에서 다음 말이 나오질 않았다.

숙맥처럼 보여도 이성 교제를 안 해 본 건 아니다. 유치원 때 짝꿍 단아, 중학교 때 미정이, 고등학교 때 수정이 등 나름 여자애들과 사귀어 봤지만 그건 어른의 연애가 아니었다. 물론 그 애들도 시간이 지나면 멋진 여성이 되겠지만 그건 어디까지나 미래의 일이다. 지금 내게는 눈앞에 있는 미모의 누님이 전부였다. 심호흡을 한 번 하고 얼굴에 보이지 않는 가상의 철판을 깔아 본다.

"사귀는 사람 있나요?"

생각보다 목소리가 크게 나와 나도 놀랐다. 아리 샘도 당황한 듯 얼굴이 붉어졌다. 정적. 우리 두 사람은 눈을 책상 아래로 내리깔고 침묵했다.

영원과도 같은 시간이 지나자 나는 모든 게 망했다는 걸 직감했다. 이런 머저리! 섣부른 판단으로 모든 걸 망치는 바보. 어딜 가나 문제를 일으키는 인물. 사건과 사고를 몰고 다니는 트릭스터가 바로 나였다. 이제 아리 샘은 당장 가방을 챙겨 떠나고 내일부터는 얼굴 볼 일이 없어질 것이다. 집에서 놀고 있는 아리 샘을 보고 그녀의 어머니가 묻겠지.

어머니: 얘, 오늘은 과외 안 가니?

아리 샘: 아, 그 집 과외 받는 애가 치근대서 그만 가야 할 거 같아요.

어머니: 아이고, 전에 까분다던 고놈이구먼. 어린놈이 저도 고추 달렸다고 들이대네. 호호호.

아리 샘: 그러게요. 쥐방울만한 놈이 웃겨요.

대충 이런 대화가 오갈 테고, 나는 엄마에게 등짝 스매싱을 맞을 거다.

젠장. 망상에 빠져 있을 때 아리 샘이 작게 도리질하는 게 보였다. 볼에는 홍조가, 입가에는 미소가 어려 있었다. 그 모습을 보자 누군가 내 뒤통수를 강력한 신의 해머로 내려친 듯한 충격이 느껴졌다. 뭐야, 세상이 이렇게 아름답게 흘러가도 되는 거였나? 아리 샘의 지금 저 모습은 이미 나를 한 명의 이성으로 인정하는 것 아닌가? 아니면 뭐 하러 나 같은 놈에게 남자친구가 없다고 하면서 얼굴을 붉히겠는가!

당신의 뇌가 금붕어 뇌가 아니라면 상황이 어떻게 돌아가는지 눈치챘을 것이다. 심장이 부풀어 올라 티셔츠 위로 솟아오를 것만 같았다. 의사가 이런 나를 본다면 부정맥이라고 하겠지만, 천만의 말씀. 아리 샘의 반응은 나를 두둥실 높은 하늘로 이끌었다. 뭐라 설명할 수 없을 만치 좋아서 되레 고통스럽고 불안한 느낌이 들 정도였다.

"자, 이제 쉬었으니 다시 공부할까?"

아리 샘이 말했다.

좋다, 공부. 아리 샘이 하자면 까짓것 해야지. 미래에 태어날 자식에게 좋은 아빠가 되려면 부지런히 공부해야 한다. 그래야 결혼도 하고 영화감독도 된다. 초여름 밤, 나는 들뜬 열기를 가슴에 품고 시적 화자의 의도가 무엇이고 중심적인 심상은 무엇인지에 관해 공부했다.

모든 게 좋다. 내 인생의 황금기가 펼쳐지고 있었다. 아까 말했듯 너무 잘 풀려서 오히려 불안했다. 모든 것이 머릿속에 그린 듯이 아귀가 맞아 돌아가는 게, 마치 영화 〈트루먼 쇼〉처럼 몰래카메라라도 찍고 있는 게 아닌지 의심스러웠다. 하지만 그건 중딩이나 떠올릴 법한 이야기다. 나를 위해 온 세상이 그런 수고를 할 리가 없다. 그저 이 순간, 내가 꿈에 그리던 여인과 함께 있고, 그녀가 내 얼굴에 침을 뱉지 않았다는 것만으로 감사하다. 그녀라는 주어와 사랑이라는 목적어가 내 좁은 방 안에서 서술되고 있었다. 나는 사랑에 빠졌고, 온 에너지를 아낌없이 쏟을 준비가 되었다.

돌이켜 생각해 보면 남녀가 사랑에 빠지는 이유가 100가지라면 내 경우엔 99개는 건너뛰었다는 걸 이 당시에는 눈치채지 못했다. 행복에 겨워 다른 것에 신경 쓸 여력이 없었다. 이런 상황을 제대로 파악하지 못하면 나중에 큰 문제가 터진다.

하지만 멍청한 내가 그런 걸 알 리 없었으므로, 방 안에는 초여름 밤의 열기만이 차올랐다.

"쉣! 말도 안 되는 소리 하고 있네, 브로."

말리가 말했다.

우리는 또다시 편의점 파라솔 밑에 앉아 있었다. 어제 본 프로그램의 재방송처럼 똑같은 햇살 아래에 똑같은 아이스바를 먹으며 마주 앉아 있다. 녀석은 내 이야기를 다 듣더니 동그란 머리통을 절레절레 흔들었다.

"내가 예전부터 브로의 개뻥을 알고 있었지만, 이건 좀 너무 나갔지."

말리의 목에 걸려 있는 헤드폰에서는 여전히 외국어로 욕을 남발하는 음악이 흘러나왔다.

"이해한다. 믿고 싶지 않겠지. 솔직히 나도 믿기지 않는데 너는 오죽하겠냐. 그래도 말리야, 세상에는 네가 모르는 무언가가 존재해. 우주에 암흑 물질이 있는 것처럼. 네 츄파춥스 대가리로 캐치할 수 없는 어른들의 기류? 은밀한 사랑의 밀어가 있단다."

더운 날씨에 아이스바가 녹아내렸다. 나는 급하게 혀로 핥아 먹었다.

"호, 왓업. 왓업! 그러셔? 지금 나를 디스한 거? 브로, 하지만 난 쿨하니까 넘어가 주지. 대체 얼마나 매력적인 걸이길래 우리 브로가 이렇게 난리일까?"

편의점 안에서 전공 서적을 보던 알바 형님이 우리를 힐끔댔다. 알바 형님은 우리가 얌전한 게 불안한 눈치였다. 말리와 내가 파라솔을 부수고 테이블을 엎기라도 해야 '아, 역시 저런 놈들이었어.' 하며 안심할 수 있는 건가?

말리는 여전히 아리 샘 이야기를 하고 있었다. 지난번에 얘기했을 때와는 다르게 관심을 보였다. 나는 우쭐한 마음에 별생각 없이 자랑질했다. 그러나 그때 눈치챘어야 했다. 말리에게 조금 다른 속셈이 있었다는 걸. 나는 아리 샘의 전화번호를 저장하기 위해 찍은 사진을 말리에게 보여 줬다. 아리 샘과 내가 같이 브이를 하고 있는 모습을 본 말리의 눈동자가 커다래졌다.

"왓 더 뷰티풀 레이디!"

말리가 알고 있는 아름다움에 관한 모든 영단어가 튀어나왔다. 고저스! 지저스! 어메이징! 스터닝! 크레이지까지. 말리는 놀라움에 고개를 뒤로 젖히다가 의자에서 자빠지기까지 했다. 그 모습에 알바 형님이 달려 나오다, 잽싸게 일어나 의자를 정리하는 말리를 보고 멈춰 섰다.

말리는 이제야 나를 뻥쟁이로 보지 않고 진지한 자세로 대화에 임했다.

"이 아리따운 세뇨리타와 좁은 방 안에서 두 시간을 함께 보낸단 말이야? 디스 이즈 크레이지! 유남생?"

말리는 내 휴대폰을 가져가 아리 샘의 얼굴을 이리저리 확대해 가며 꼼꼼히 감상했다. 그러고는 그녀가 외국인인지 물었다. 나는 고개를 저었다.

"이제 내가 왜 이러는지 좀 알겠어? 브로오."

내가 말리의 말투를 흉내 내며 말했다.

"그럼 브로랑 두 시간 과외하고 끝나면 몇 시야?"

말리가 휴대폰에서 눈을 떼지 못한 채 말했다.

"아마 여덟 시 반이 조금 넘겠지?"

"레이디는 어디 사시는데?"

"그리 멀지 않을걸? 동네에서 과외 선생님 구했을 테니까. 그건 왜 물어?"

오후 네 시의 햇살이 파라솔을 비껴 우리 머리 위로 떨어졌다. 이제 학원에 가야 할 시간이었다. 말리가 뚫어지게 보던 내 휴대폰을 도로 빼앗았다.

"그만 봐라. 형수님 얼굴 닳겠다."

"브로. 네가 유치원에서 똥 싸고 도망갔던 때부터 봐 왔던 마이 맨. 그런 네가 이런 레이디랑 썸을 타다니. 이제껏 너를 너무 과소평가한 것 같다."

말리가 말했다.

녀석의 목소리에서 나를 진정으로 존경하고 부러워하는 마음이 느껴졌다. 말리는 내가 '스웩' 넘친다고 추켜세웠다. 자꾸 떠들어 대는 그 '스웩'이라는 게 뭐냐고 묻자 말리는 "그냥 죽이는 거야."라고만 말했다. 그냥 죽이는 거라……. 그래. 결과적으로 '스웩'은 좋은 단어다. 내 상황과 딱 어울리는. 나는 헐렁한 아디다스 저지를 걸친 말리의 어깨 위에 손을 얹었다.

"야, 너두 할 수 있어."

나는 내가 할 수 있는 최고의 칭찬과 격려를 친구에게 건넸다. 말리 말마따나 미래에 래퍼가 된다면(그냥 래퍼가 아니라 슈퍼스타여야겠지만) 수많은 미인이 사귀자고 할 것이다. 카드 대신에 5만 원짜리 묶음을 들고 다니면서 낚싯배 위에서 광어나 도다리를 잡아 여성들과 회 파티를 벌일 것이다. 이런 이야기를 나누다 보니 우리의 마음속에 솜사탕 같은 희망이 몽글몽글 떠다녔다.

"브로. 아까 아리 샘 퇴근 시간 왜 물었는지 알아?"

말리가 말했다.

"왜?"

"브로, 요즘 뉴스 안 봐? 우리 동네 엽기 사건. 그 사건 때문에 왓 더 헬! 인터넷에 난리가 났는데."

"그게 아리 샘 퇴근 시간이랑 뭔 상관이야?"

내가 묻자 말리는 뒷주머니에서 도끼빗을 꺼내더니 머리를 푹푹 찔러 볼륨을 넣었다. 그 모습이 다코야키 굽는 것과 비슷해 보였다. 저것도 스웩의 일종인가?

"우리 동네에서 엽기 살인 사건이 일어나는데 이런 아름다운 레이디를 밤길에 그냥 던져 놓겠다고? 그것도 브로와 썸을 타는 사이인데? 유남생?"

헉, 듣고 보니 맞는 말이다. 우리 동네에서 일어나고 있는 연쇄 살인 사건. 그것도 모자라 사람의 가죽을 벗기는 무시무시한 일이 아무렇지도 않게 벌어지는 범죄 도시. 범죄는 대낮의 햇살을 피해 어두운 골목 사이에 숨어 있다가 밤이 되면 보도블록이나 담벼락 밑에서 습기처럼 스멀스멀 기어 나온다. 나는 말리가 무슨 말을 하는지 단박에 알 수 있었다. 말리를 보며 굳은 표정으로 고개를 끄덕이자, 말리도 고개를 끄덕였다.

"넌 왜 끄덕여?"

"브로 생각을 알겠다는 거지."

"그래. 아리 샘처럼 아리따운 여성이 변태 범죄자가 활개 치는 밤거리를 혼자 걷게 둘 수 없지. 무사히 귀가할 때까지 내가 아리 샘을 지켜야겠어."

내가 말했다.

그러고는 녹아내리는 아이스바를 먹느라 급히 고개를 숙였다. 괜찮은 아이디어다. 말리의 츄파춥스 머리에서 나왔다고는 믿을 수 없는 묘안이었다.

잠시 후, 편의점 알바 형님이 굳이 우리가 앉아 있는 테이블에 와서 빗자루질을 하는 바람에 자리를 뜰 수밖에 없었다. 어차피 학원에 가야 했다. 편의점을 나서는 길에 뿔테 안경에 추리닝을 걸친 공시생 형님과 또 마주쳤다. 공시생 형님은 지난번처럼 휴대폰 볼륨을 높인 채(당연히 이어폰은 없었다) 편의점 쪽으로 어기적어기적 갔다. 대낮인데도 별다른 일 없이 저러고 다니는 게 한심해 보였다. 직업도 돈도 없어 보이고, 스웩 또한 없어 보였다.

"저렇게 되지는 말자."

내가 말했다.

"오브 코스, 브로."

말리가 대꾸했다.

TRACK 4

점심시간이 되자마자 빠르게 급식을 흡입한 뒤 책상에 자리를 잡고 엎어졌다. 나른한 햇살이 책상 위를 담요처럼 덮었다. 학교라는 곳에서는 왜 이리 잠이 잘 오는지 모르겠다. 집에서는 새벽 한 시까지 잠이 안 오는데 학교만 오면 눈꺼풀이 무거워서 병든 닭마냥 꾸벅거리게 된다. 어차피 영화감독이 될 몸이니 수학 공식 같은 것보다는 영화 연출이나 편집 같은 걸 알려 주면 좋겠다.

공부 말고 우리에게 필요한 것이 얼마나 많은가. 예를 들어 연상의 여인에게 떨지 않고 말을 거는 법이라든가 이성과의 대화를 자연스럽게 이끄는 방법, 아니면 연상의 여인과 표류

하다가 무인도에 정착해 살아남는 기술이나 종족 번식하는 방법 등 좀 더 삶과 친화적이고 실용적인 스킬을 가르쳐 주면 좋겠다. 공부는 할 놈들만 하면 되지 않나. 저기 앞자리에 두꺼운 압축 렌즈가 끼워진 뿔테 안경을 쓰고 책과 사투를 벌이는 성식이 같은 애들. 교육 정책과 공교육의 폐해에 대한 비판은 달걀로 바위를 치는 격이라, 점심시간엔 잠이나 푹 자 두는 게 생산적이다.

하지만 그것도 쉽지 않았다. 점심시간은 혈기 왕성한 10대가 맘 놓고 떠들 수 있는 시간이기 때문이다. 애써 귀를 닫고 잠을 청하려 했지만 아이들은 최근 동네에서 벌어진 사건 때문에 흥분해 있었다. 그도 그럴 것이, 이 서울 변두리 지역에서 전국적, 아니 세계적으로 희귀한 엽기 살인 사건이 벌어지고 있으니 말이다.

"야, 뉴스 봤지? 인간 가죽 사건."

앞자리에 앉은 혜진이 목소리였다.

"당연하지. 완전 대박. 우리 동네에서 그런 일이 벌어지다니."

이건 짝꿍인 민서의 목소리였다.

"웩, 졸라 끔찍해. 여자 피부를 벗겨 내 죽이다니, 도대체 어떤 사이코가 그런 짓을 벌이는 걸까?"

"여자만이 아니야. 남자도 있대."

현수의 목소리까지 끼어들었다.

"몰라, 하여간 미친놈인 건 확실하잖아. 그 얘기도 들었어? 벗겨 낸 피부가 티끌 하나 없이 깔끔한 상태였대. 사람은 그렇게 완벽하게 할 수 없다는데, 피 한 방울 머리털 한 올 없이 깨끗했다잖아. 그런 일이 벌써 세 번이나 벌어졌다니."

나는 무아몽중 이야기를 듣다 〈텍사스 전기톱 연쇄살인사건〉과 〈양들의 침묵〉을 떠올렸다. 특히 〈양들의 침묵〉에 나온 한니발 렉터를. 우리 동네에서 벌어진 범죄는 딱 그들에게 어울리는 종목이었지만, 비행기를 타고 여기까지 와서 그런 짓을 하진 않을 것이다. 물론 영화 속 가상의 인물이기도 하지만.

"뭔가 의심스러워. 뭐가 됐든 살인 사건은 단서나 정황 증거를 남기는 법인데. 이 사건은…… 왠지 좀 달라."

현수가 조용히 말했다.

"뭐가 달라?"

민서와 혜진이 동시에 물었다.

"초자연적인 현상 아닐까?"

현수가 작게 소곤거렸다.

"초자연적인 현상?"

민서와 혜진이 또 동시에 물었다. 현수는 질문을 기다렸다는 듯이 말했다.

"귀신."

잠시 침묵이 흘렀다. 이어 셋이 동시에 푸핫, 웃음을 터뜨렸다.

"역시 넌 좀 황당한 데가 있어."

"너 요즘 스트레스 받아? 무슨 귀신이 가죽 공장 차렸어? 인간 가죽 벗기게."

현수는 자신이 진지하게 헛소리를 했다며 멋쩍어했지만, 엎어져 있던 나는 꽤 그럴싸한 발상이라는 생각이 들었다.

발견된 사체는 아직 신원이 파악되지 않았다. 이건 일반적인 일이 아니다. 벗겨진 피부에는 분명 인간의 DNA가 있다. 이 주변을 탐문 수색하면 실종자라도 나와야 한다. 그래서 그들의 DNA와 대조해 보면 사망자의 신분이 밝혀지는 건 시간문제다. 영화에서 보면 다들 그렇게 한다. 그러나 어찌 된 일인지 사망자의 신원이 밝혀졌다는 소식은 없었다. 어딘가 미심쩍은 사건이지만, 확인되지 않은 정보가 이리저리 뒤섞여 있어 온갖 추측만 나돌았다. 이런 생각을 하며 졸고 있는 나 역시 마찬가지였다.

나는 아이들이 떠드는 소리를 무시하고 다시 잠을 청했다. 어젯밤에 다니엘 데이 루이스가 주연한 영화 〈데어 윌 비 블러드〉를 보느라 늦게 잔 탓에 졸음이 밀려왔다. 잠결에, 작금에 벌어지고 있는 범죄는 〈데어 윌 비 블러드〉에서처럼 타락한 우리 인간이 결국 피로 그 죗값을 치르는 게 아닐까 하는 모호한 생각이 몽글몽글 떠올랐다. 그것은 가면을 쓴 전기톱 살인마의 모습으로 바뀌었다가, 이내 살인마의 가면은 다시 아리 샘의 얼굴로 바뀌었다. 아리 샘의 얼굴이 드러나자 조명이 환해지면서 야자나무와 알 수 없는 풀과 꽃이 가득한 풍경으로 바뀌었다. 네모난 수영장 끝에서 아리 샘이 잠영을 해 내게 다가왔다. 수면 위로 올라온 아리 샘은 형광 연두색 비키니를 입고 있었다. 아리 샘이 활짝 웃으며 슬로 모션 장면처럼 천천히 다가왔다. 햇살을 받아 반짝이는 물방울들이 아리 샘의 몸을 타고 흘러내렸다. 아리 샘은 뺨을 따라 흘러내리는 물을 손으로 닦아 내며 머리카락을 뒤로 쓸어 넘겼다. 나는 점점 가까워지는 아리 샘의 푸른 눈과 갈색 머리와 풍만한 몸매를 보며 '역시 외국인인가?'라는 멍청한 생각을 했다.

그때 현수의 목소리가 나의 환상을 방해했다.

"아무튼 동네가 이상해. 뭔가 뒤숭숭하다니까. 과외 도둑도 그렇고."

"과외 도둑?"

현수의 말에 혜진이 되물었다.

"그래. 과외 한다고 와서 집 안 물건들 훔쳐 가는 도둑."

현수가 말했다.

"에이, 말도 안 되는 소리. 과외 선생이면 신원 확실하고, 또 그사이에 집 안 물건을 훔쳐 간다는 게 말이 돼?"

민서가 말했다.

"그러니까 이상한 일이지. 벌써 털린 집이 몇 군데 있어. 내가 소문은 또 빠삭하게 꿰고 있잖아."

나는 비몽사몽 중에도 '과외'라는 말에 고개를 들었다.

"야, 현수. 그 과외 도둑 얘기 진짜야?"

내가 물었다.

"어, 그렇다니까. 과외 도둑이 나타나면 꼭 집 안에서 귀중품이 사라진대. 그리고 그다음부터 연락이 안 된다고 하더라고. 전화해도 없는 번호라고 나온대. 신고? 당연히 했지. 근데 경찰에서도 아무것도 못 찾았대. 그뿐만이 아니야. 몇 주 전에 벌어진 일 기억하지? 미사일 발사 소동 있었던 날. 하늘에 빛이 펑, 하고 번쩍였잖아. 그런 희한한 일이 있었는데도 매스컴에선 쥐 죽은 듯 조용했어. 뭔가 수상하지 않아?"

현수는 신나게 음모론을 펼쳐 놓았다.

"왜 난 들어 보질 못했지? 나도 그런 얘기 좋아하는데……."

민서가 고개를 갸우뚱했다.

"여자야?"

내가 현수에게 물었다.

"뭐가?"

"과외 도둑이 여자냐고."

하늘에서 빛이 번쩍이든 미사일이 발사되든 관심 밖이었다.

"아니, 남자래. 눈 밑에 큰 점이 하나 있다던데."

현수의 말에 그럼 그렇지 싶었다. 내가 무슨 생각을 하는 거야. 사랑하는 아리 샘을 잠깐이나마 과외 도둑에 연결 지은 게 부끄러웠다. '과외 선생'이라는 연결 고리에서 비롯된 막연한 불안감을 해소한 나는 다시 책상에 고개를 묻고 엎드렸다. 세상이 어떻게 굴러가든, 사람들이 뭐라고 떠들든 나와는 상관없는 일이다. 나는 그저 나에게 다가온 이 아름답고 순결한 사랑이 휘발유처럼 순식간에 날아가지 않기만을 바랐다.

현수는 계속해서 자기 소견을 펼쳤다. 이건 다 6·25 때 치열한 전투 중에 죽은 수많은 사람들의 시체가 우리 동네에 암매장되어서, 한마디로 음기가 너무 강해서 그렇다고 했다. 그래서 귀신이 돌아다니는 거라고.

녀석도 대학 가기는 틀린 듯했다. 이 세상에는 온갖 사건과 사고가 넘쳐난다. 우리 동네에서 벌어지는 일도 그저 그런 것 중 하나일 뿐이다. 나는 다시 잠을 청하려 했지만, 점심시간이 끝났다는 종소리가 울려 몸을 일으켰다.

TRACK 5

세면대에 차가운 물을 받아 세수를 했다. 코도 힘껏 세 번 풀었다. 코털이 삐져나왔나 살피고 아빠의 면도용 가위로 코털을 정리했다. 얼굴에 로션을 바른 다음 겨드랑이에 코를 박고 냄새가 나는지 확인했다. 음, 좋다. 내 겨드랑이에서는 희망과 사랑의 향기만이 풍겨 나올 뿐이다. 달리기 시합에서 출발 신호를 기다릴 때처럼 심박수가 치솟고 속이 울렁거렸다. 거울에 비친 내 얼굴을 보자 이만하면 꽤 미남이라는 생각이 들었다. 내가 여자였다면 한번 사귀어 볼 만하다 싶을 정도였다. 자신감과 용기가 샘솟았다.

"그대의 눈동자에 건배."

언제 봤는지 가물가물한 영화의 대사를 읊조렸다.

"얼씨구."

내 꼴을 본 엄마가 말했다. 나는 약간 민망해하며 엄마를 쳐다봤다.

"아니, 화장실 문을 왜 말도 없이 열고 그래요. 내가 똥이라도 싸고 있으면 어쩌려고."

"똥 싸는 소리 하고 자빠졌네. 저리 비켜. 마른 수건 넣게."

엄마는 나를 밀치고 세면대 옆 수납장에 수건을 차곡차곡 정리해 넣었다. 나는 엄마의 바람대로 과외를 하나 더 하며 고분고분하게 지내고 있다. 그런데도 오늘 엄마는 기분이 좋지 않다.

"엄마."

엄마의 심기를 거스르지 않을 만큼 애정을 살짝 섞어 말했다.

"왜?"

"나 캠코더."

약속은 약속이니까. 엄마는 분명 과외를 하나 더 하면 캠코더를 사 주기로 했다. 그것은 강력한 동기 부여의 구심점이고, 내 미래를 향한 나침반이자 병 안에 든 마시멜로였다. 꼭 필요한 물건이라는 소리다. 일단 캠코더가 있으면 뭐라도 찍지 않을까. 제일 먼저 아리 샘을 찍어 주고 싶었다.

"캠코더, 뭐?"

엄마가 말했다.

"캠코더 사 주기로 했는데……. 약속했잖아요."

이야기가 예상과 다르게 전개되리라는 것을 직감했다. 엄마가 말끝을 올리면 그건 나에게 의문을 표하거나 결과를 요구한다는 뜻이었고, 대부분 부정적인 방향으로 흘러갔다.

"바로 사 준다고는 안 했다. 너 중간고사 성적 나오는 거 봐서 결정할 거야."

"그건 약속이랑 다르잖아요."

최대한 억울한 목소리로 말하자 화장실에서 나가려던 엄마가 홱 돌아서서 나를 쏘아봤다.

"엄마가 너 공부해서 잘되라고 그러는 거지. 공부해서 남 주냐? 아직 정신을 못 차려서 캠코더 타령이나 하고."

그렇지, 저 대사가 나와야지. 대한민국의 모든 학생에게 모범 답안처럼 쓰이는 저 말. '공부해서 남 주냐?' 그런데 공부해서 남 주진 않지만, 그렇다고 내가 갖는지는 의문이다.

"아니, 왜 약속을 안 지키냐고요. 과외 하나 더 하면 캠코더 사 준다고 했으면서."

화장실을 벗어나는 엄마 뒤를 따라가며 내가 소리쳤다.

아리 샘이 오기 전 들떴던 기분이 엄마 때문에 엉망진창이 되었다. 아빠도 그렇고 엄마도 그렇고 언제나 필요할 때만 약속을 한다. 그리고 그 순간이 지나가면 언제 그랬냐는 듯 모르쇠로 일관한다. 사회의 냉혹함과 부조리를 아들에게 미리 전수하려는 듯했다. 그렇지만 나 역시 온전한 하나의 인격체로서 부당한 대우에 맞서 싸우는 법을 익혀 나갔다.

"너, 지금 영화감독이니 뭐니 떠드는 소리, 그거 완전 허풍이잖아."

"허풍이라니, 아들을 그렇게 못 믿으십니까."

엄마와 난 거실에 서서 〈오케이 목장의 결투〉 속 건맨들처럼 서로를 노려봤다. 그때 교회 탑에서 종소리가 울리고 엄마가 먼저 총을 뽑아 들었다.

"너 이놈의 새끼. 지난번엔 경륜 선수 되겠다고 해서 100만 원 넘는 사이클 사 줬더니 어디 갖다 잃어버리고, 코딩 배우겠다고 해서 비싼 컴퓨터 사 줬더니 롤 하고 자빠졌고, 또 뭐 웹툰 작가 되겠다고 해서 만화책을 트럭째로 사 줬더니 그것만 보다 말았잖아. 지금 네가 영화감독 되겠다고 난리 치는 것도 뻔할 뻔 자다. 그냥 그럴싸해 보이니까, 영화감독은 공부 안 하고 방구석에 누워서 영화나 보면 될 거 같으니까, 노력하는 척만 하려고 그러는 거 아냐."

충격적이다. 갱년기 여성의 히스테리가 이렇게 잔인하고 강력하다니. 폐부를 찌르고 들어온 총알에 정신이 얼얼했다. 정말 그랬는지 생각해 봤다. 자전거는 사실 중고 장터에 몰래 팔아먹은 게 떠올랐다.

"아니, 그게 엄마가 아들한테 할 소리야? 나도 잘할 수 있어.

그냥 꿈을 찾아 나가는 과정 아니야? 내가 어떻게 뭐든 짠! 하고 이룰 수 있겠어. 이것저것 해 봐야 알 수 있는 거지. 왜 엄마는 아들을 안 믿어 줘?"

"그러니까 일단 공부를 하고 그다음에 네 꿈을 찾으라고 몇 번을 얘기했어."

기분이 나빠졌다. 대화의 끝은 언제나 이렇다. 엄마는 왜 오늘따라 저렇게 화를 내며 나를 닦달하는 걸까. 눈치 없이 캠코더 타령을 한 나 자신이 미워졌다. 내가 큰 잘못을 저지른 것 같았다.

"이번에는 다르다?"

엄마의 말에 나는 고개를 끄덕였다.

"그래. 그럼 네가 어떤 걸 만들고 싶은지 말해 봐."

"에? 그게 무슨 말이에요?"

정말 무슨 말인지 몰라서 되물었다.

"그러니까 영화감독이 되겠다는 놈이 어떤 영화를 만들 건지 말해 보라고. 엄마가 한번 진지하게 들어 보자."

엄마는 식탁 앞에서 팔짱을 낀 채 나를 바라봤다.

막장 드라마 광팬인 엄마를 감동시킬 영화라……. 그래, 내가 영화감독이 되고 싶다고 했지. 그런데 엄마가 저런 말을 하니 막상 내가 구체적으로 어떤 영화를 만들겠다고 생각한 적은 없다는 사실을 깨달았다. 아니, 뭐가 있긴 한데……. 외계인이 지구인을 잡아먹으러 오는 이야기는 어디서 본 것 같고……. 유기견이 괴생물과 합체해서 인간을 공격하는 이야기도 이미 있는 것 같고……. 뭔가 좀 뚜렷한, 멋지게 꾸며 댈 이야기가 없었다.

뒤통수에 묵직한 충격이 내리꽂혔다. 부정하고 싶지만, 엄마의 말은 어느 정도 사실이었다. 영화감독이 되겠다는 놈이 자기가 만들고자 하는 이야기 하나 없다는 것. 그것은 기만이었고, 엄마 말대로 나는 영화감독이라는 꿈을 현실을 회피하는 수단으로 쓰고 있었다. 설마…… 역시 어른은 이길 수 없는 것인가. 내가 알지 못하는 영역까지 엄마는 이미 탐구를 끝낸 상태였다. 한마디로 똥 기저귀 갈 때부터 봐 온 나의 사이즈가 딱 나왔다는 뜻이다.

"거 있어. 내가 생각해 놓은 이야기."

내가 어버버하며 말했다.

"그러니까 한번 들어나 보자고. 네가 어떤 영화를 만들고 싶은지."

"난 완벽주의자라 다 완성돼야 한다고!"

나는 엄마에게 버럭 소리를 지르고 내 방으로 도망가 문을 쾅 닫았다. 엄마에게 나는 깎아 내야 할 못생긴 돌처럼 보이나 보다. 세상에 내보내기 위해 튀어나온 부분을 둥글게 다듬어야 하는 돌덩이.

"너 아리 선생님 좋아하지? 에그, 네놈이 뭔 생각을 하는지 훤히 보인다. 아들아, 생각 좀 하고 살자. 대학생인 아리 선생님이 널 좋아할 거 같니? 오늘부터 아리 선생님 과외는 끝이야. 내가 벌써 다른 선생님 알아봤어. 헛물켜지 말고 그런 줄 알고 있어."

문틈으로 들리는 엄마의 목소리에 분노가 치밀었다. 이런 청천벽력 같은 소식이 있나! 엄마는 내게 남은 마지막 희망마저 빼앗으려 했다. 이제 막 피어나는 나의 사랑을 이렇게 무참히 짓밟다니. 피가 머리꼭지까지 차오르는 게 느껴졌다. 이제껏 이 집안의 든든한 외동으로 살아온 나의 가치와 믿음이 산산조각 나 버렸다. 왜 다들 나를 이해해 주지 않을까.

"엄마는 왜 맘대로 그런 결정을 해. 나한테 물어보지도 않고."

내가 소리쳤지만 먹힐 리가 없었다. 타노스의 핑거 스냅처럼 강한 엄마의 공격만이 돌아올 뿐이었다. 가슴이 답답했다. 모든 게 짜증 나고, 얼른 어른이 되어 이 집을 떠나고 싶었다. 자유를 찾아 날아가는 한 마리 파랑새가 될 것이다. 철창에 갇힌 파피용처럼 나는 베란다 창살을 붙잡고 고뇌했다. 저 밖은 자유롭겠지. 따뜻하고, 정이 있고, 사랑이 넘치겠지.

창문 너머로 도로변의 공사 현장이 보였다. 아직도 그 이상한 기둥을 세우느라 고생하는 모양이었다. 노란 안전모를 쓴 인부들이 바삐 움직이는 가운데, 현장 책임자 같은 사람이 여기저기 둘러보며 소리치고 있었다. 지난번엔 분명 언덕 밑이었는데 지금은 코앞에다 기둥을 세우고 있었다. 역시 IT 강국답게 낡고 오래된 것들을 싹 다 갈아 치우나 보다.

그래, 나도 낡고 오래된 것을 타파하고 새롭게 태어나는 거야. 언제까지고 엄마의 마리오네트가 아니라는 걸 보여 줄 때가 왔다. 그래도 캠코더는 얻어 낸 다음에 보여 줘야겠다.

만약 오늘이 아리 샘과의 마지막 수업이라면, 말리가 말한 대로 아리 샘을 집까지 배웅할 생각이다. 밤길을 아리따운 여성 홀로 걷는 건 위험한 일이다. 평소에도 위험하지만 요즘 우리 동네에서 일어난 엽기적인 사건을 떠올린다면 그 위험은 곱에 곱절이 된다.

슬픈 일이다, 미래를 함께할 사랑하는 여성과 이별해야 할지 모른다는 건. 그것도 악덕 지주의 방해로…….

'말리. 뭐 해?'

말리에게 문자를 보냈다.

'요, 지금 프레시한 랩 가사가 떠올라서 쓰고 있지.'

'게임 하는 거 아니고?'

'브로, 역시 짬에서 나오는 바이브가 있구만. 방금 전까지 가사 쓰다가 잠시 쉴 겸 겜 한 판 했지. 용건이 뭐?'

빤한 거짓말이다. 나는 말리가 가사 쓰는 걸 본 적이 없다.

'야, 우리 엄마가 아리 샘 과외 그만두게 한대.'

'왓? 그럼 브로는 어떡해? 어머님은 왜 그러신대?'

'나도 몰라. 아리 샘과 나의 미래를 예측한 거 아닐까. 고3 올라갈 아들이 연애하다 딴 길로 샐까 봐?'

나는 가장 타당하고 현실적인 이유를 예로 들었다.

'브로, 내가 한 가지 조언해 볼까?'

'해.'

'아리 샘과 마지막이라면 오늘 그냥 렛츠 기릿! 해 버려.'

'렛츠 기릿?'

'예아, 브로!'

'뭔 헛소리야? 렛츠 기릿이……'

'내 말이 뭔지 감이 안 옴? 유남생?'

그때 머릿속에 아이디어가 혜성처럼 번쩍이며 스쳐 지나갔다. 그제야 말리가 말한 렛츠 기릿이 뭔지 알 것 같았다. 이제 더는 내 마음을 숨길 수 없다. 나의 진심을 아리 샘에게 전하는 수밖에. 아직 이른 감이 있긴 하지만, 나의 영혼 속에 울리고 있는 감출 수 없는 커다란 사랑을 보여 줘야 한다. 이 상처받아 울고 있는 야수를 달랠 수 있는 건 커다란 눈에 갈색 머리카락, 아름다운 마음을 가진 아리 샘뿐이다.

'뭔 말인지 알겠어. 나 오늘 아리 샘에게 고백할 거야.'

'댓츠 라잇, 마이 맨. 그게 힙합 아니겠나.'

'오케이, 나중에 보자.'

'이따 몇 시에 과외 끝난다고?'

'여덟 시 반. 그건 왜?'

'몰라도 돼. 암튼 바이.'

말리는 바이, 라고 말하고는 사라져 버렸다.

가끔, 아주 가끔은, 서랍 밑에 낀 먼지 같은 것도 쓸모가 있다. 그리하여 이번에는 말리의 아이디어를 따르기로 했다. 시기적절한 멋진 아이디어였다. 엄마에게 맞은 직격탄의 아픔이 조금 사그라드는 듯했다.

계획이 섰으니 머릿속 정리가 필요했다. 일단 오늘 아리 샘과의 마지막 수업이 끝나면 집에 가는 길을 배웅한다. 그리고 아리 샘에게 나를 어떻게 생각하느냐고 묻는다. 아니, 그건 좀 아닌 것 같군. 남자답게 단도직입적으로 말해야 한다. 나와 사귀자고.

여기까지 생각하니 좀 두려워졌다. 모든 계획이 그렇듯이 플랜 B라는 게 필요하다. 만약 아리 샘이 싫다고 하면 어쩌지? "그냥 농담이었어요, 하하."라고 말할까? 기분도 꿀꿀하고 엄마한테 짜증이 나서 기분 전환 겸 장난친 거라고 얼버무릴까? 거절당할 때 나는 어떤 표정을 짓고 있을까? 울상이지 않을까? 밤거리 가로등 아래에서 눈썹이 팔자로 구부러진 채 코를 훌쩍이며 도망치지 않을까?

호흡을 가다듬었다. 어차피 이젠 되돌릴 수 없다. 오늘이 마지막이라면 창피를 당한다 해도 상관없다. 이런 일은 살면서 수도 없이 겪었다. 결국, 창피함은 잠깐이지만 후회는 평생 간다. 그래, 난 평생을 후회하지 않기 위해 오늘을 살아가겠어. 멋진 말이다. 노트에 적어 놔야겠다. 할아버지, 제게 힘을 주세요.

이런 망상에 빠져 있을 때, 현관 초인종이 울리고 아리 샘이 집 안으로 들어왔다.

TRACK 6

어둡고 차가운 공간. 네모반듯한 공간이 압박해 온다. 천장에 매달린 갓등이 방 안을 비추고 있다. 이곳에 있는 것만으로도 심리적 압박감이 느껴졌다. 마치 내가 큰 범죄를 저지르기라도 한 것처럼 조마조마했다.

갓등 바로 아래에는 철제 간이 책상이, 책상 양쪽으로는 디자인이 단순한 철제 의자가 놓여 있다. 하나에는 내가 앉아 있고, 다른 하나에는 남자가 앉아 있다. 검은 양복 차림에 선글라스를 쓰고 체격이 건장한 남자였다. 그는 책상 위에서 두툼한 손을 깍지 낀 채, 벌써 10분 동안 아무 말 없이 나를 바라보고 있다. 사실 선글라스 렌즈 색깔이 짙어서 어딜 보는지 알 수 없다. 자고 있을지도……. 평소의 나라면 선글라스를 살짝 들춰 볼지 모르지만, 지금은 그런 분위기가 아니다.

책상 위에는 서류철이 있는데, 그 안에 나에 관한 정보가 담겨 있는 듯했다. 남자는 나를 재촉하지도, 겁주지도 않았다. 그저 때가 되면 스스로 모든 걸 고백하길 바라는지도 모른다. 하지만 내가 겪은 일이 진짜인지, 또 그것을 말해도 되는지 걱정스러웠다. 영화에서는 이런 걸 압박 심문이라고 하던데…….

시간이 흐를수록 점점 더 초조해졌다. 앞에 앉은 선글라스 남자가 무슨 말이라도 했으면……. 나를 위협하든, 심문하든, 아니면 타이르든, 어떤 말이든 간에 해 주었으면 좋겠다는 생각이 들었다.

사실 이제껏 내가 겪은 일 중 어디까지가 진실이고 어디까지가 거짓인지 여전히 헷갈렸다.

TRACK 7

항상 같은 시각에 시작하는 과외 수업, 창밖에는 어스름이 깔려 있었다. 아리 샘은 '참인 동시에 거짓'인 문장에 관해 설명했다. 아직 아리 샘은 이 수업 이후에 벌어질 상황을 전혀 모르고 있었다. 엄마는 수업이 끝나면 과외 종료에 대해 말하려는 듯했다.

나는 기분이 좋지 않았다. 아리 샘과 같이 공부하는 게 좋았고, 문법과 문단과 문맥을 이야기하는 게 이렇게 즐거웠던 적이 없었다. 방금 내 말은 '참인 동시에 거짓'일지도 모른다. 공부는 즐겁지 않지만, 아리 샘과 함께 있는 건 즐겁다. 나는 수업 내내 갈피를 못 잡고 헤매는 기분이었다.

"준호야, 어디 안 좋아? 오늘 영 집중을 못 하네."

아리 샘이 물었다.

"네? 아니에요. 그냥 잠깐 딴생각이 들어서요."

내가 멋쩍게 말했다.

곧 닥칠 생이별 앞에서 사랑꾼인 16세 남자는 담담할 수 없었다. 아리 샘은 그런 나의 어수선한 기분을 눈치챈 모양이었다.

"선생님."

"응?"

나는 벽시계를 흘긋 쳐다보았다. 수업이 끝날 시간이 얼마 남지 않았다. 아리 샘과의 마지막을 이렇게 무의미하게 보낼 순 없었다. 이런 내 애타는 마음도 모르고 아리 샘은 귀엽고 큰 눈을 껌벅이며 나를 바라보고 있었다.

아리 샘의 맑고 투명한 눈을 들여다보고 있자니 갑자기 목마른 사슴처럼 슬픔이 밀려왔다. 재작년에 할아버지가 돌아가시고 난 뒤로 처음 느껴 보는 슬픔이었다. 슬프다. 저 아름다운 눈을, 립글로스를 발라 반짝이는 입술을 보니 한없이 슬퍼졌다. 스스로의 의사 결정권이 결여된 이 척박한 집의 외동아들이라는 사실이 나를 더욱 초라하게 만들었다. 아무 준비 없이 그녀와 이별해야 하는 이 상황을 받아들이기가 힘들었다.

"선생님. 엄마가 과외 오늘까지만 하래요."

나는 쥐어짜듯이 말했다. 이 말을 입 밖에 낼 때 뇌에서 얼마나 많은 스트레스 호르몬이 생성되었는지 알 수 없었다. 내 가슴은 찢어지듯 아려 오는데, 아리 샘의 반응은 예상 밖이었다.

"어, 그래? 한 달 채우려면 수업이 아직 몇 번 남았는데……."

생각보다 차분한 모습이었다. 우리 둘은 책상에 나란히 앉아 잠시 침묵했다.

아리 샘은 허공을 바라보며 무언가를 생각하는 듯했다. 브이넥 크롭 카디건에 물 빠진 스키니 진을 입고 있는 아리 샘. 살짝 웨이브 진 긴 갈색 머리칼이 부드럽게 출렁인다. 소매를 걷어 드러난 가느다란 손목과 가냘프고 고운 손. 조화로운 아름다움이란 바로 이런 것이구나. 그 모습을 보자 다시 슬픔이 몰려왔다.

"그래도 과외비 환불은 안 되는 거 알지?"

아리 샘이 돌연 앙큼한 미소를 지으며 나에게 말했다.

"네?"

"음, 그러니까 미안하지만 한 달 치 선불로 받은 과외비는 어머님께 돌려드릴 수 없을 거 같아."

아리 샘이 말했다.

아리 샘은 우리 엄마가 과외비를 돌려달라고 할까 봐 걱정하는 눈치였다. 이럴 수가……. 고작 그런 것이 아리 샘이 걱정하는 유일한 문제라니. 내가 생각했던 로맨스가 유리처럼 산산조각 나는 소리가 귓전을 울렸다.

"네……."

내가 기운 빠진 목소리로 대답했다.

"그런데 어머님이 왜 그러시는지 알아? 혹시 내 수업이 별로라고 생각하시는 거야? 아니면 다른 선생님을 구하신 거야?"

아리 샘이 손바닥을 긁으며 말했다. 그녀도 과외가 잘렸다는 사실이 즐겁지 않아 보였다. 사람이라면 당연하게 느낄 감정.

그런데 아리 샘이 손끝으로 손바닥을 긁는 모습을 보다가 이상한 점을 발견했다. 손목 안쪽에 원형 문신이 보였다. 어, 저런 게 있었나? 손목에 문신이 있다는 건 처음 알았다. 지름 3센티미터쯤 되는 원 안에 점이 찍혀 있는 게, 마치 가전제품 전원 버튼 같았다.

뭐, 사실 그런 게 중요한 건 아니다. 문신이 있다고 해서 사람이 달라지는 건 아니니까. 문신은 개성을 표현하는 한 가지 수단일 뿐이다. 다만 나의 애타는 짝사랑이 오늘로 종지부를 찍을지 모른다는 슬픔과 함께, 아리 샘에게서 느껴졌던 이상기류가 한낱 춘몽처럼 사라질 것만 같은 안타까움이 밀려들었다.

"모르겠어요. 엄마가 왜 그러는지."

슬픔을 가슴속에 묻으며 말했다. 내가 슬프다는 걸 아리 샘이 눈치채 주길 바라면서.

"그래, 그렇구나."

아리 샘은 가볍게 한숨을 내쉬며 말했다.

우리 둘은 잠시 말을 잃은 채 시간을 흘려보냈다. 아리 샘도 나와의 이별을 떠올리고 있는 것 같았다. 그렇게 생각하니 우울한 기분이 약간 나아졌다. 우리가 함께한 시간과 나눈 대화와 주고받은 웃음과 문법과 문단과 작가의 의도가 방 안에 고스란히 침잠했다.

"준호야."

침묵을 깨고 아리 샘이 말했다. 느낌 탓인지 모르겠지만 아리 샘의 목소리는 살짝 떨리고 있었다.

"네, 선생님?"

"너……."

아리 샘이 고개를 돌려 나를 응시했다. 그 커다란 눈에 담긴 눈동자는 푸른색이었다. 지금까지 아리 샘의 얼굴을 이렇게 오래 마주 본 적이 없었다. 아리 샘의 두 눈이 온 우주를 담은 듯 반짝였다. 나는 무언가 대단히 중요한, 그러니까 내 인생을 송두리째 바꾸어 놓을 이야기가 나올지도 모른다고 생각했다. 나는 아리 샘이 머뭇거리며 망설이는 그 이야기를 해 주길 바랐다.

"너, 돈 좀 있니?"

아리 샘이 말했다.

"네? 돈이요……?"

내가 되묻자 아리 샘이 고개를 끄덕였다.

"얼마나요?"

나는 놀란 가슴을 진정하고 아리 샘에게 물었다.

"소 한 마리 살 돈."

아리 샘이 살짝 웃으며 말했다.

이게 어떻게 돌아가는 상황인지 잘 이해가 가지 않았다. 연상의 아름다운 과외 선생님이 갑자기 내게 소 한 마리 살 돈이 있는지 묻고 있다.

"살아 있는 소…… 말인가요?"

내가 묻자 아리 샘이 고개를 끄덕였다.

"정육점에서 파는 소고기 말고요?"

"어."

아리 샘이 조용히 대답했다.

나는 조금 당황하긴 했지만, 이것이 과연 어떤 상황인지 추리해 보았다. 생각을 정리하자 아리 샘의 수수께끼 같은 말을 이해할 수 있었다.

이 여인은 시골 벽지에서 상경한 소녀 가장이다. 그녀가 과외를 하는 이유도 뻔할 뻔 자다. 바로 시골에 계신 늙은 부모님에게 소를 선물하고 싶어서 이 추운 여름날 이 집 저 집을 전전하며 자신의 지식을 팔고 있는 것이다. 효녀다. 아리 샘은 분명 효녀였다. 그동안 살아 있는 소 한 마리 값을 벌기 위해 수없이 문법을 논하며 '참이자 거짓'이 무엇인지를 밥통들에게 이해시키려 애썼을 게 분명했다. 그런 아리 샘을 떠올리자 갑자기 눈물이 핑 돌았다.

“네가 빌려주면 나도 너한테 필요한 걸 줄 수 있을 것 같은데…….”

아리 샘이 말했다.

필요한 것? 이 단어를 듣는 순간 가슴이 쿵쾅거렸다.

“내게 필요한 건 오직 당신의 사랑뿐이오.”

이렇게 외치고 싶었지만 참았다. 그래, 침착하자. 머릿속에서 천사와 악마가 싸우기 시작했다. 악마는 ‘뽀뽀 한 번 해 달라고 해.’라고 했고, 천사는 ‘그건 안 될 일이죠. 그녀를 사랑한다면 진심으로 행복을 빌어 줘요.’라고 말했다. 악마가 ‘그녀의 행복은 네놈이 뽀뽀를 해 주는 거야.’라고 말하자, 천사가 권투 글러브를 낀 손으로 악마의 주둥이를 쳤다.

나는 고개를 흔들어 망상을 떨쳐 냈다. 나한테 얼마가 있더라? 캠코더 살 때 모자라는 거 메우려고 꿍쳐 둔 돈이 30만 원쯤 있는 것 같다. 요즘 소 한 마리 값이 얼마나 할까? 30만 원으로는 턱도 없을 거 같은데……. 한우 갈빗집에서 네 명이 한 끼 식사만 해도 30만 원은 훌쩍 넘을 것이다.

“선생님. 기대에 부응하지 못해 죄송하지만, 소를 살 돈까지는 안 될 거 같아요. 제가 가진 돈 전부 합쳐도 30만 원 정도밖에 안 될 거예요.”

나는 솔직하게 말했다. 없는 것을 만들어 낼 수 있는 건 연금술사밖에 없다.

"그래, 그 정도면 돼. 나한테도 돈이 좀 있거든. 합치면 송아지 정도는 살 수 있을 거야."

아리 샘은 환한 얼굴로 내 두 손을 잡았다. 내가 세뱃돈 꼬불친 것과 엄마가 참고서 사라고 준 돈을 삥땅 친 것과 자전거를 중고 장터에 팔아 어렵사리 모은 돈이 아리 샘의 아름다운 손으로 사라지리라는 사실도 잊은 채 헤벌쭉 웃음이 나왔다. 빌려주는 것도 아니고 그냥 주는 것인데도. 아리 샘의 보드라운 살과 온기가……. 잠깐, 온기가 별로 느껴지지 않았다. 수족냉증은 여성들에게 안 좋은 질환이다. 어쨌든 아리 샘과 손을 맞잡고 있는 것은 환상적인 일이었다.

나는 아리 샘이 말한 '나에게 필요한 어떤 것'이 무엇인지 생각해 봤지만 딱히 떠오르는 게 없었다. 그저 어른들의 세계에서 벌어질 법한 멋진 일이 일어나기를 기대했을 뿐이다. 바람을 가르는 드라이브, 전망 좋은 레스토랑에서의 디너 타임, 크루즈 갑판 위에서 홀짝이는 샴페인 한 잔 같은 것.

그렇게 시간이 흘러 과외가 끝났다. 나는 돼지 저금통의 배를 갈라 5만 원권 지폐와 만 원권 지폐, 동전을 탈탈 털어 아리 샘에게 드렸다.

"고마워, 준호야. 넌 정말 좋은 인간이야. 잊지 않을게."

아리 샘은 내가 준 돈을 가방 안에 쓸어 담았다. 두툼한 가방은 안에 뭐가 들었는지 빵빵했다. 얼핏 가죽점퍼 같은 것이 보였다. 그럼, 그럼. 여름밤은 쌀쌀하지.

"선생님이 지금 좀 급해서……. 너한테 신세 졌어. 잊지 않을게. 어떤 형태로든 너에게 우주의 가호가 있을 거야."

우주의 가호라. 좋다. 멋진 말이다. 지구나 신이 아니라 온 우주가 나를 보살핀다니, 얼마나 스케일 큰 말인가.

아리 샘이 방문을 열고 나갔다. 나는 번개처럼 움직이는 그녀를 보며 약간 멍한 상태로 슬픔을 달랬다. 아직 고백도 못했다는 건 까마득히 잊었다. 아리 샘과 함께 문법과 문장에 대해 웃으며 이야기하던 이 공간. 그 흔적은 내게 슬픔으로 오래 기억될 것이다.

아리 샘은 엄마와 거실에서 이야기를 나눴다. 과외 종료에 관한 것이겠지. 아리 샘과 엄마의 대화는 그리 길지 않았다. 현관문 열리는 소리에 뒤이어 문밖을 나서는 아리 샘의 발소리가 들렸다. 이게 정녕 끝이란 말인가. 가슴이 뻥 뚫린 것 같았다. 끝맺지 못한 무언가가 나를 괴롭혔다.

"아, 이럴 때가 아니지."

나는 정신을 차리고 자리에서 일어났다. 현관으로 가 신발을 신고 문을 열었다.

"어디 가냐?"

엄마가 물었다.

"아리 샘 배웅하려고요."

"네가 왜 선생님 배웅을 해? 다 늦게 기어다니지 말고 조용히 인강이나 보시지."

엄마가 협박조로 말했다. 나는 엄마를 노려봤다.

"이제 엄마가 원하는 대로 다 됐잖아. 이제 아리 샘이랑도 이별이라고. 그리고 뉴스 못 봤어요? 요즘 우리 동네 연쇄 살인으로 난리인 거. 엄마 말대로 마지막이니까 배웅하고 올게요."

"너, 지금 나가면 캠코더 사 주기로 한 거 없던 일로 한다. 알아서 해."

"맘대로 해요."

나는 문밖으로 뛰쳐나갔다. 뒤에서 "그런다고 아리 선생님이 널 알아줄 거 같아?"라고 소리치는 엄마의 목소리가 들렸다. 1층에 서 있는 엘리베이터를 기다리지 못하고 계단으로 뛰어 내려갔다. 습한 여름밤 공기가 계단참을 가득 메우고 있었다. 세 계단씩 뛰어 내려가니 이마에 땀이 송골송골 맺혔다. 1층에 다다르자 아파트 광장을 지나고 있는 아리 샘이 보였다. 나는 재빨리 달려가 아리 샘을 불러 세웠다.

"선생님!"

아리 샘이 내 목소리에 뒤돌았다. 나는 숨을 헐떡이며 다가가 아리 샘 앞에 섰다.

"헉, 헉, 선생님. 저희 이렇게 마지막인가요?"

내가 물었다.

아리 샘은 옅은 미소를 머금고 있었다. 그 모습이 왠지 야속했다. 적어도 서로 다시 연락하자거나, 이메일을 주고받자는 말 정도는 할 수 있지 않나. 내가 공부해서 대학에 붙으면 아리 샘과 다시 만날 수도 있는 일 아닌가.

"그래, 어쩔 수 없잖아. 준호야, 그동안 너와 함께해서 즐거웠어. 하지만 이제 각자 갈 길을 가야지."

아리 샘이 무거워 보이는 가방을 추켜올리며 말했다. 가녀린 몸에 큼직한 가방은 어울리지 않았지만, 그런 점이 아리 샘의 독립적인 면을 돋보이게 했다.

"제가 열심히 일해서 소 사 드릴게요, 선생님. 고등학교만 졸업하면 바로 취직해서 선생님 시골집에 소 보내 드릴 수 있어요. 그때까지 좀 기다려 주시면 안 돼요?"

내가 가쁜 숨을 몰아쉬며 말했다. 사랑 고백치고 왕겨 냄새가 나긴 했지만, 그만큼 절박한 심정이었다.

"시골집? 취직?"

아리 샘은 고개를 갸웃하며 나를 봤다. 그러더니 3초쯤 지나 아하, 하는 표정을 지으며 활짝 웃었다.

"호호호, 그런 거였구나. 준호야, 정말 고마워. 네 마음 잘 알겠어. 넌 정말 특별한 아이야."

시원한 웃음이 나까지 웃게 만들었다. 그 웃음에 엄마의 패물이나 적금 통장을 훔쳐서라도 아리 샘을 돕고 싶다는 생각이 절로 들었다.

"하지만 너와 난 여기서 안녕이야. 네 호의는 잊지 않을게. 언젠가 날 보고 싶으면 이 동네에서 제일 높은 곳을 찾아. 그럼 날 만날 수 있을 거야."

내 기대와 달리 아리 샘은 이 말을 남기곤 빠른 걸음으로 사라졌다.

이 동네에서 제일 높은 곳이 어디일까 떠올려 봤다. 정말 아리 샘을 다시 만날 수 있을까? 나는 한 발짝도 움직이지 못하고 망부석처럼 그 자리에 굳은 채 멀어지는 나의 사랑을 바라봤다. 아리 샘은 나와 헤어질 결심을 한 것이다. 참고로 내게는 탕웨이보다 아리 샘이 더 아름답다. 그렇게 떠나가는 그녀를 보며 멍하니 서 있을 때였다.

"정녕 괜찮은가?"

광장 옆 화단에서 사람 목소리가 들렸다. 나는 화단 쪽으로 고개를 돌렸다가 인상을 구겼다.

"아름다운 장면이군, 브로."

말리가 '잔디를 밟지 마시오' 팻말을 넘어 화단에서 걸어 나왔다. 녀석이 과외가 몇 시에 끝나는지 물어본 이유를 알 것 같았다. 말리 녀석은 사진으로만 본 아리 샘의 미모에 반해 이곳에 나타난 것이다.

"네가 여긴 왜 왔어?"

내가 퉁명스럽게 물었다.

"그나저나 브로. 아리 샘, 정말 미인이군."

말리가 츄파춥스 머리를 흔들며 말했다. 나는 녀석의 머리를 펀치볼로 사용할까 고민했다.

"저런 뷰티풀 레이디가 떠나가다니. 브로, 가슴이 아리아리 한가?"

말리의 말에 주먹이 꽉 쥐어졌다.

"나 지금 기분 별로거든. 까불지 마."

내가 말했다.

그렇다. 기분이 별로였다. 열여섯 평생에 유일한 낙이었던 내 사랑이 떠나가는 마당에 유쾌할 이유가 없었다.

"미안, 브로. 방금 너의 클리어한 눈 속에서 진심을 봤다. 그래서 여기서 이렇게 끝?"

"후, 그래. 나의 사랑은 여기까지인 거 같아."

나는 고뇌에 차 말리에게 말했다. 말리는 고개를 한쪽으로 기울이며 생각하는 척했다.

"브로, 내 생각에도 모든 게 끝인 것 같군. 그래도 아리 샘을 배웅하는 건 어떨까? 그녀의 행복을 빌면서 조용히 집까지 에스코트하는 거지."

내가 어깨를 으쓱하자 말리는 뒷주머니에서 도끼빗을 꺼내 머리를 푹푹 찌르며 말했다.

"시리얼 킬러가 이 동네를 돌아다니고 있다는 걸 잊은 건 아니겠지?"

맞다. 슬픔에 젖어 그 사실마저 까먹고 있었다. 밤길은 위험하다. 더군다나 아리 샘이 걸어간 방향은 가로등도 별로 없는 어두컴컴한 골목길로 이어진다.

"이런 밤길을 따라가는 건 좀 수상해 보이지 않을까?"

내가 망설이며 말했다.

말리는 바람에 흔들리는 풍선 인형처럼 고개를 저었다.

"이건 이별을 대하는 우리의 자세지. 우린 슬픔을 달래기 위해 단 하루만 그녀를 배웅하는 거야. 바이킹이 죽으면 바다로 보내는 것처럼. 유남생?"

말리의 말을 들으니 그런대로 납득이 됐다. 그래, 나의 사랑은 보이지 않는 슬픔이야. 그녀를 따뜻하고 안전한 집까지 배웅하고 돌아오는 길 가로등 아래에서 『젊은 베르테르의 슬픔』을 읽겠어. 나의 서툴고 풋풋한 사랑의 한 페이지를 적는 거야.

나는 의미심장하게 고개를 끄덕였다.

"오케이. 우리가 아리 샘을 에스코트하자고. 렛츠 기릿!"

말리가 외쳤다.

"왜 우리야?"

내가 묻자 말리는 어깨를 으쓱했다.

"넌 아니야. 얼른 집으로 가."

"브로, 내가 아리 샘을 본 건 오늘이 처음이지만 레이디를 보호하고 싶은 마음은 브로와 똑같아. 그리고 돌아오는 길에 시리얼 킬러가 브로를 노리면 내 가슴이 찢어질 거야. 유남생?"

딱 보니까 이 자식이 아리 샘한테 반했다는 걸 알 수 있었다. 나는 꺼지라고 손짓했지만, 말리는 주관이 뚜렷한 멍청이였다. 가라고 해서 갈 놈이 절대 아니라는 소리다. 어릴 적 녀석이 벌거벗겨져 집 밖으로 쫓겨나는 광경을 수도 없이 봤다. 결국, 우리 둘은 아리 샘이 사라진 골목길로 허둥지둥 발걸음을 옮겼다.

TRACK 8

우리는, 그러니까 말리와 나는 밤이슬을 맞는 도둑고양이처럼 뒤꿈치를 들고 골목길을 살금살금 걷고 있었다. 야심한 밤. 어두운 골목. 사이코 살인마가 돌아다니는 동네. 10대 남자애 둘. 그 앞에 걸어가는 아리따운 여인. 모든 정황이 좋지 않은 쪽으로 해석될 여지가 있었다. 그러나 골목길에는 사람이 없었다. 좁은 담벼락 위에 선 길고양이 한 마리만 우리를 내려다봤다. 그것도 잠시, 고양이는 멍청한 10대 남자애들에게 흥미가 떨어졌는지 어딘가로 사라졌다.

아파트 입구에서 아리 샘을 따라 나온 지 벌써 20분은 된 것 같았다. 아리 샘이 어디 사는지 몰랐기 때문에 어디까지 배웅해야 하는지도 알 수 없었다. 꽤 먼 길을 걸어가는 아리 샘을 보니 가슴이 뭉클했다. 역시 효녀다. 시골집에 소를 보내기 위해 차비까지 아껴 가며 이 밤길을 걷다니. 아리 샘은 진정 이 시대의 귀감이며, 외모뿐만 아니라 내면의 아름다움까지 갖춘 훌륭한 인간이었다. 나는 샘솟는 사랑과 존경을 느끼며 아리 샘의 뒤를 쫓았다.

"브로. 아리 샘, 어디까지 가는 걸까?"

내 뒤에서 말리가 속삭였다.

"나도 몰라. 그리고 조용히 해. 우리 이러는 거 꽤 수상해 보이거든. 저기 CCTV 보이지? 찍힌 영상 보면 우리가 사이코 살인마라고 의심받아도 이상하지 않을걸."

나는 전봇대 옆에 매달린 CCTV를 손으로 가리켰다. 방범용 CCTV는 여러분의 세금으로 잘 작동되고 있다는 듯 빨간 불빛을 깜빡이고 있었다.

"브로, 여기 지나면 재개발 구역이라 사람이 살지도 않는다고. 더 가면 산으로 가는 길인데. 유남생?"

말리가 속삭였다.

그 말에 불안한 생각이 들었다. 말리 말대로 이 오래된 주택단지를 벗어나면 재개발 구역이 나온다. 오래전부터 정치인들이 선거철마다 재개발 공약을 들고나온 곳이다. 번번이 무산되다가 이번엔 재개발 구역으로 지정되어 사람들이 떠나고 텅 빈 집만 즐비했다. 그런 곳에 가는 건 머리를 노랗게 물들인 양아치들뿐이다. 물론 머리가 노랗다고 해서 다 양아치라는 건 잘못된 논리다. 브래드 피트도 머리가 노랗다. 평균적으로 그럴 확률이 높다는 뜻이다.

아리 샘은 어두운 밤길이 아무렇지 않다는 듯 또박또박 걸었다. 그녀의 걸음걸이에는 어떤 망설임이나 두려움도 없어 보였다. 마치 명동 한복판을 걷고 있는 중국인 관광객 같았다. 우리 동네에는 사이코 살인마가 돌아다니고 있는데도…….

그때, 어둠 속에서 말리가 무얼 밟았다. 말라비틀어진 우유갑 밟는 소리가 좁은 골목에 울려 퍼졌다. 말리와 나는 눈이 왕방울만 해져서 잽싸게 음식물 분리 수거통 옆으로 몸을 숙였다. 수거통 옆으로 몸을 구겨 넣자 음식물 썩는 냄새가 코를 찔렀다. 게다가 말리가 나를 누르는 바람에 내 옷에 음식 쓰레기 국물이 묻었다. 짜증이 물밀듯 밀려왔지만, 말리의 커다란 머리통을 숨기려면 참는 수밖에 없었다.

"야, 조심하지 못해?"

내가 속삭이자 말리가 내게 찡긋 윙크를 했다.

우리는 벽과 분리 수거통 틈으로 앞을 내다봤다. 아리 샘이 몸을 반쯤 돌려 우리가 숨은 쪽을 바라보고 있었다. 혹시라도 이쪽으로 올까 봐 살짝 걱정이 됐다.

씩씩하게 걷고 있어도 아리 샘 역시 이런 밤길은 겁날 것이다. 아리 샘은 20대 초반의 아름답고, 성격 좋고, 목소리와 향기까지 좋은 사람이다. 외진 곳에서 낯선 이를 마주치면 두려움에 떨 젊은 여성이다. 이런 생각이 들자 말리의 말만 듣고 뒤쫓아 온 게 미안했다.

하지만 내 염려와 달리 아리 샘은 가방을 추스르고 다시 몸을 돌려 가던 길을 갔다. 몸을 돌리기 전, 가로등 불빛을 받은 아리 샘의 얼굴에 이상한 한기가 흐른 듯했다. 분위기 때문인지 모르겠지만 아리 샘의 얼굴에는 처음 보는 무표정이 새겨져 있었다. 내가 앞서 말한 불안 요소는 아리 샘에게 그리 큰 걱정거리가 아닌 듯 보였다. 아리 샘이 다시 길을 가자 우리는 구겨져 있던 몸을 일으키며 한숨을 내쉬었다.

"아, 씨. 니가 누르는 바람에 쓰레기 국물 묻었잖아."

옷에 묻은 음식물 쓰레기의 퀴퀴한 냄새에 내가 성질을 내자 말리가 어깨를 으쓱했다.

"브로, 어쩔 수 없었지. 그래도 아리 샘에게 걸리지 않았으니 그걸로 댓츠 라잇!"

말리가 뻔뻔하게 말했다.

짐덩이 같은 놈이 왜 따라와서 방해하는지. 말리에게 더 따지고 싶었지만 그랬다간 아리 샘을 놓칠 것 같아 부랴부랴 발걸음을 옮겼다. 아리 샘은 꽤 빠른 걸음으로 걷고 있었다. 우리가 잠깐 한눈판 사이에 그녀의 모습은 우리 시야에서 사라지고 없었다. 이제 오래된 주택가는 끝나고 재개발 구역임을 알리는 표지판이 보였다.

이 구역은 ○○○ 정비 사업 시행으로 이주 완료되었으며, 철거 후 새로운 보금자리로 태어날 예정입니다. 철거될 때까지 무단 출입, 미관을 훼손하는 낙서, 쓰레기 투기 등을 삼가 주시기 바랍니다.

- 위반 시 민·형사상 손해 배상 및 고발 조치 예정 -

재개발 구역 앞에는 거대한 기둥이 우뚝 서 있었다. 동네 일대에서 벌어지고 있던 전봇대 공사를 여기까지 한 모양이었다. 그런데 전에 봤을 때도 느낀 거지만 전봇대 모양이 영 이상했다. 전선이 이리저리 뻗어 있는 게 아니라 단순히 높이 솟은 기둥에 가까웠다. 그리고 그 끝에는 말리 머리통처럼 동그란 물체가 달려 있었다. 핀처럼 생긴 기둥은 전혀 인터넷이나 전기를 공급할 것처럼 보이지 않았다.

"말리야, 이거 뭐냐? 우리 동네에 많이 보이던데……."

내가 말리에게 물었다.

"글쎄. 거대한 마이크처럼 생기지 않았어? 혹시 K팝과 관련 있는 게 아닐까? 외국인들이 한류 때문에 우리나라에 많이 오니까 K팝을 테마로 만든 조형물 같은 거지. 스웩!"

듣고 보니 일리 있네. 그러나 우리는 한가로이 거대한 마이

크나 감상하고 있을 때가 아니었다. 눈앞에서 사라진 아리 샘을 찾는 일이 시급했다. 아리 샘이 갔으리라고 추측되는 길은 단 하나였다. 재개발 구역을 가로지르는 큰길.

"말리, 가자. 아리 샘, 멀리 가지는 않았을 거야."

"예, 브로. 렛츠 기릿!"

생각보다 크게 울리는 말리의 목소리에 놀라며 큰길로 들어섰다.

길 양쪽으로 반쯤 허물어진 주택들이 줄지어 있었다. 가로등도 드문드문 서 있어서 동네 전체에 음침함이 배어 있었다. 몇몇 집은 철거를 위해서인지 철근 위에 비닐을 쳐 놓았는데, 바람이 불 때마다 스산한 소리를 내며 비닐이 펄럭였다.

아리 샘은 왜 이런 곳으로 가는 걸까? 아무리 돈이 궁해도 이런 곳에서 숙식을 해결할 리 없었다. 설마 산 위에 텐트를 치고 사는 건 아니겠지? 시골집에 소를 보내야 한다는 절박함이 그녀를 이렇게까지 몰아붙인 것일까?

가슴이 살짝 아려 왔다. 이 밤, 어딘가에는 패밀리 레스토랑에서 즐거운 식사를 하는 사람들이 있는 반면 어딘가에는 아리 샘처럼 빈곤을 이겨 내야 하는 사람들도 있는 것이다. 세상은 원래 불공평하다지만 적어도 사람이 사람답게 사는 세상, 누구든 자신의 꿈을 이룰 수 있는 세상이 된다면 얼마나 좋을까. 나중에 영화를 만든다면 이런 메시지를 담고 싶다.

"브로, 여기 으스스하지 않아?"

말리의 말에 나는 고개를 끄덕였다.

"아리 샘은 왜 여길 지나가는 걸까? 여긴 사람 살 만한 데가 아닌 거 같아. 아무리 스웩이 넘친다고 해도 여긴 좀……. 유남생?"

"몰라. 일단 아리 샘부터 찾자. 아리 샘이 어디에 살든 무사히 집에 도착하는 걸 봐야겠어."

우리는 완전히 밤이 내린 재개발 구역을 걸었다. 이런 분위기는 사람을 위축되게 만든다. 사이코 살인마가 돌아다니는 동네에선 더욱 그렇다. 우리는 최대한 발소리를 죽이며 빠르게 움직였다. 아리 샘을 다시 만나야 했다.

그런데 우리가 걷던 길 끝에 검은 그림자가 불쑥 나타났다. 말리와 나는 아리 샘인 줄 알고 급히 옆에 보이는 담장 안으로 들어갔다. 우리는 담벼락에 딱 붙어 몸을 숨겼다. 발소리가 점점 가까워졌다. 말리와 나는 침을 꿀꺽 삼키며 다가오는 누군가를 경계했다. 아리 샘이 볼일을 보고 돌아가는 중일지도. 그래, 단순히 이 동네 길고양이들에게 밥을 주고 오는 걸지도 몰랐다.

하지만 예상과 달리 담장 앞을 지나는 사람은 건장한 남자였다. 틈새를 통해 남자의 옆모습이 보였다. 남자는 굉장히 다부진 체형으로, 허리를 꼿꼿이 세우고 걸었다. 그는 우리가 숨어 있는 담장 앞에 멈춰 서더니 사방을 살폈다. 어두워서 제대로 보이지는 않았지만 깔끔한 인상이었다. 나이는 30대 초반인 것 같았고, 무표정한 얼굴이었다. 재개발 구역과는 전혀 어울리지 않는 검은 양복 차림이었다. 잠시 서 있던 남자는 다시 발걸음을 옮겼다.

우리는 남자가 완전히 사라질 때까지 기다렸다가 담장 밖으로 나왔다.

"봤어, 그 남자?"

내가 물었다.

"봤지. 퇴근길 강남역에 있어야 할 것 같은 차림이었어, 브로."

"그치? 이상하지 않아?"

"왓? 뭐, 그냥 지나가는 사람이겠지."

말리가 태평하게 말했다. 나는 말리를 이끌며 계속 이야기했다.

"그 무표정. 뭔가 어색해. 훈련으로 만들어진 것 같은…… 그 뭐냐, 인간미가 없다고 해야 할까. 그러니까 내 말은……."

"시리얼 킬러?"

말리가 내 속내를 알아채고 소리쳤다. 나는 말리에게 목소리를 낮추라고 손짓했다.

"그래, 내 말이 바로 그거야. 칼같이 각 잡힌 슈트 좀 봐. 인간의 가죽을 피 한 방울 없이 벗겨 내는 깔끔함과 완전 닮았어. 〈아메리칸 사이코〉의 크리스찬 베일이나 〈살인의 추억〉의 박해일처럼. 게다가 이 밤, 이런 곳을? 그 사이코는 지금 또 다른 희생양을 찾고 있는 거야."

나는 내가 떠올린 가설을 현실이라는 수면 위로 끌어 올리고 있었다.

"요, 브로. 지금 이럴 때가 아니야. 어서 아리 샘을 찾아내 사이코에게서 구출해야 해."

나는 그 말에 동의하며 발걸음을 재촉했다. 어서 아리 샘을 찾아야 했다. 그녀는 지금 이런 일촉즉발의 위기를 전혀 모르고 있을 것이다. 이젠 사랑이 문제가 아니라, 시간 안에 그녀의 목숨을 구해야 하는 상황이었다. 행여나 우리가 오버하는 것이라 해도 모든 정황이 불길한 방향을 가리키고 있었다. 이마에서 식은땀이 흘러내렸다. 여름밤의 열기와 으스스한 동네 분위기에 휩싸인 채, 우리는 점점 이성을 잃고 공포와 절박함 사이 어딘가를 헤맸다.

5분쯤 더 걷자 집들을 헐어서 생긴 공터가 나왔다. 철골 구조물과 기둥이 군데군데 남아 있었는데, 꼭 집들의 거대한 무덤 같았다.

"브로, 저기 봐."

말리가 손끝으로 가리킨 곳에 익숙한 여자의 뒷모습이 보였다. 그게 누군지는 말 안 해도 알 것이다. 아리 샘은 거의 허물어져 내린 집 앞에 서 있었다. 우리는 그녀를 놀라게 하고 싶지 않아 숨죽이고 천천히 움직였다. 어떻게 하면 아리 샘이 겁

먹지 않게 등장할 수 있을까? 뒤돌아서 있는 아리 샘의 모습은 왠지 방해받고 싶어 하지 않는 것 같았다. 고요가 그곳에 침잠해 있었다. 우리는 최대한 천천히 그리고 조용히 아리 샘에게로 다가갔다.

"브로, 왜 이렇게 조용히 움직여?"

말리가 속삭였다.

"나도 몰라."

우리는 아리 샘이 서 있는 곳 근처의 고목나무에 몸을 숨긴 채 고개만 빼꼼 내밀어 돌처럼 굳어 있는 아리 샘을 살폈다.

잠시 후, 드디어 아리 샘이 몸을 움직였다. 우리는 조금 더 가까이 다가갔다. 어서 이 위기를 알려야 했다. 아리 샘을 노리는 사이코 살인마가 이 근처에서 서성이고 있다는 사실을. 아리 샘이 이렇게 위험하게 돈을 벌지 않도록, 엄마가 장롱 안에 숨겨 둔 비상금과 금붙이를 줄 생각이다. 물론 나는 집에서 쫓겨날지 모른다. 하지만 사랑이라는 거대한 파도에 집어삼켜진 한 마리 전갱이 같은 내게는 상관없는 일이었다.

아리 샘은 메고 있는 커다란 가방의 지퍼를 열었다. 잘 열리지 않는지 지퍼를 몇 번이고 앞뒤로 잡아당겼다. 좋은 가방도 사 줘야겠다.

이제 그녀가 가방을 열면 소란스럽지 않게 등장할 수 있을 듯했다. 아리 샘이 지퍼를 끝까지 잡아당겨 가방을 열었다. 그리고 그 안에 꽉 끼어 있던 무언가를 꺼냈다. 아마 가죽점퍼겠지. 아까 내 방에서 봤던. 그런데 내 얼굴에 흐르는 땀을 깨닫자, 이 여름밤에 가죽점퍼가 꼭 필요한 것인지 의문이 들었다.

아리 샘은 가방에서 꺼낸 가죽점퍼를 허공에 펼쳐 몇 번 흔들었다. 그러자 그것은 점퍼라고 생각할 수 없을 만큼 길게 펼쳐졌다. 마침 달을 가리고 있던 구름이 물러나면서 아리 샘이 꺼낸 것이 무엇인지 또렷이 보였다.

"어……."

내 입에서 알 수 없는 탄식이 새어 나왔다.

"왓 더……."

말리도 나와 비슷한 소리를 냈다.

아리 샘이 가방에서 꺼낸 것은 가죽점퍼도 아니었고, 그렇다고 코트도 아니었다. 그것은 기다랗게 나풀거리는 사람의 가죽이었다. 얼굴 부분에 눈과 입 구멍이 휑하니 뚫려 있었다. 남자인지 여자인지 알 수 없었다. 그때, 얼굴 가죽의 눈 밑에 난 커다란 점이 보였다. 교실에서 현수가 한 말이 떠올랐다.

'과외 도둑. 눈 밑에 커다란 점이 있는 남자.'

순간 뭐가 뭔지 알 수 없었다. 갑자기 모든 것이 혼돈 속으로 빠져들고 있었다. 하지만 지금 중요한 사실은 내가 알던 아리 샘과 저기 서 있는 여자 사이에는 커다란 간극이 있다는 것이다. 그리고 그 간극은 절대 메워질 수 없을 것이고, 우리 앞에 위험으로 다가올 것이다. 온몸에 공포와 한기를 동반한 소름이 돋았다. 뭔지 모를 두려움을 느끼며 뒷걸음질 치는데, 말리의 휴대폰에서 '까톡' 하는 알림이 울렸다.

"꿀통아."

내가 속삭였다.

"뎀! 완전 돌겠네."

어둠 속에 울린 알림은 공기의 파동을 타고 밤하늘로 시원스레 퍼져 나갔다. 말리와 나는 서로를 쳐다보다가 아리 샘 쪽으로 천천히 고개를 돌렸다. 아리 샘의 두 눈이 우리를 바라보고 있었다.

TRACK 9

창백한 푸른 점. 칼 세이건이 말한 지구 이야기가 아니다. 그건 한밤중에 재개발 구역 한가운데에 서 있는 여자의 눈 속에 나타난 것이었다. 창백한 푸른 점은 바로 아리 샘의 눈동자였다.

왜 이런 일이 벌어진 걸까? 아리 샘과 처음 만났을 때가 떠올랐다. 〈라라랜드〉의 에마 스톤처럼 노란색 원피스를 입은 아리 샘은 다정하고, 온화하고, 내 썰렁한 농담에 웃어 주고, 남자 친구도 없다고 했다. 완벽한 이상형 그 자체였다. 그런데 지금 내가 사랑한 아리 샘은 온데간데없고 저기 무너진 건물 사이에 사람의 가죽을 든 여자만 있다. 등줄기를 타고 식은땀이 흘러내렸다. 말리는 뒤에서 음식물 쓰레기 냄새 나는 내 옷을 붙잡고 있었다. 녀석은 머리를 굴려 이 상황을 정리해 보려 했다.

"브로, 우리 망했어. 네가 사랑한 여자는……."

그래, 바로 사이코 살인마였다.

그렇다면 아리 샘이 이곳에 온 건 그동안 저지른 살인의 증거를 유기하기 위해서란 말인가?

아무래도 이 상황이 이해가 가지 않았다. 지금 나를 둘러싸고 있는 이 모든 것에 과연 일관성이나 개연성이 있는 걸까? 머나먼 우주의, 지구와 닮은 어떤 다른 행성에서 벌어진 일이 아닐까? 그곳이 적어도 나의 우주가 아니기를 빌었다.

"왓 더! 돌대가리 브로, 당연한 거 아니야. 니가 사랑한 여자가 비아춰였다는 거지."

말리가 소리쳤다.

"준호?"

아리 샘이 내 이름을 불렀다.

예전과 같은 다정하고 나긋한 목소리였지만, 온몸에 소름이 돋았다. 아리 샘이 우리 쪽을 향해 발을 옮기자마자 말리는 "홀리 쉿!"이라 외치면서 냅다 달아나기 시작했다. 나도 어쩔 수 없었다. 내가 사랑한 그녀는 살인마……. 음? 영화 제목으로 괜찮은데, 라는 생각을 하며 좌우로 흔들리는 말리의 거대한 머리통을 따라 달렸다. 내가 사랑했던 존재로부터 이렇게 멀어진다는 게 서글펐다. 16년 인생에 드디어 만난 내 연인이 서슬 퍼런 살인마였다니. 기구한 내 인생.

하지만 포기하긴 이르다. 우리는 젊고 팔팔했다. 아리 샘의 여리여리한 몸으로 호르몬이 폭발하는 남고생의 달리기를 따라잡을 수는 없을 것이다. 인생이 우리에게 준 젊음의 힘으로 살아남아야 했다.

"잠깐, 준호야. 기다려 봐."

뒤에서 아리 샘이 불렀다. 어떤 머저리가 저 소리를 듣고 다리를 멈출까? 내가 2년만 젊었어도 그런 순진함이 남아 있었겠지만, 지금은 어림없다. 내 속에 들어 있는 장기가 탈탈 털리는 꼴을 당할 순 없지. 잠깐, 장기라고 하니까…… 설마 사람의 장기를 팔기 위해 살인을 벌이고 남은 가죽으로 변태적인 취미를 즐기는 살인마? 그래, 딱 이거네!

"야, 말리. 빨리 뛰어. 우리 장기 밀매단에 걸린 거야."

내가 달리면서 소리쳤다.

"브로, 난 아까부터 그렇게 생각하고 있었어. 유남생?"

젠장, 그놈의 유남생은.

우리는 왔던 길을 고대로 돌아가고 있었다. 하지만 여기는 치외 법권 구역이다. 가로등도, 이정표도, 경찰도, 우릴 지켜 줄 천사도 없는 곳이었다. 정신없이 뛰다 보니 어디가 어딘지 알 수 없는 곳을 헤매고 있었다. 무너진 집과 합판으로 막힌 공사장과 철조망이 뒤섞인 거대한 미로를 빙빙 돌고 있는 듯했다. 말리는 이성을 잃고 미친 듯이 달렸고, 나 역시 녀석을 놓치지 않으려고 죽을힘을 다해 뛰었다.

흘깃 뒤돌아보니 놀랍게도 20미터쯤 뒤에서 아리 샘이 달려오고 있었다. 나의 눈과 아리 샘의 번쩍이는 눈이 마주쳤다. 그녀의 입가에 걸린 희미한 미소를 보자 심장이 쪼그라드는 기분이었다. 살면서 그렇게 무서운 걸 본 건 단연코 처음이었다. 어릴 때 읽은 구미호 이야기가 떠올랐다. 내 간과 콩팥과 심장을 노리는 현대판 구미호. 그러나 내게는 저 여우에게 던질 복주머니가 없다.

말리가 입은 헐렁한 농구복이 바람에 펑, 펑, 소리를 내며 펄럭였다. 우리는 점점 지쳐 갔다. 뛰는 것도 이제 한계에 다다른 듯했다.

그때 말리가 골목으로 휙 꺾어 들어갔다. 나도 따라 들어갔지만 말리의 모습이 보이지 않았다. 순간 어안이 벙벙해서 그 자리에 서 있다가 아차 싶어 움직이려는데 어둠 속에서 불쑥 튀어나온 손이 나를 잡아챘다. 말리가 쉿, 하며 내 입을 막고 끌어당겼다.

우리는 골목길 옆, 개중 멀쩡한 벽 뒤에 몸을 숨겼다. 말리와 나는 헐떡이는 숨을 고르며 살인마가 우리를 지나쳐 가기만을 빌었다. 나는 아직 죽고 싶지 않다. 그건 말리도 마찬가지

일 것이다.

그동안 거실에 누워 팝콘을 씹으며 〈나 홀로 집에〉 같은 영화를 보던 때가 떠올랐다. 좋은 시간이긴 했지만 죽음이 코앞에 닥치자 왜 좀 더 알차게 살지 못했을까 하는 후회가 밀려왔다. 신이 우리를 보호하여 기회를 한 번 더 주신다면 좀 더 괜찮은 인생을 살고 싶었다. 엄마와 아빠에게 더 효도하고, 공부도 열심히 하고, 길에 쓰레기를 버리지 않고, 술과 담배는 평생 입에 대지도 않겠다고. 그러니까 이번 한 번만 어떻게 안 될까요, 하는 마음으로 신에게 빌었다. 정 안 되면 저만이라도 살려 주시면 좋겠다고 생각했다. 어둠 속에서 말리와 눈이 마주쳤는데, 녀석도 나랑 비슷한 생각을 하고 있는 것 같았다.

우리가 몸을 숨긴 벽 안쪽으로 예전에 거실이었을 법한 공간이 보였다. 문짝이 떨어져 휑하니 드러나 있는 방에는 스프레이로 이런저런 비속어가 휘갈겨져 있었다. 사방의 모든 게 무서웠다. 우리가 탈출하지 못할 거라는 예감이 들었다.

그때, 우리가 숨어 있는 쪽으로 발걸음 소리가 가까워졌다. 경쾌하게 울리던 발소리는 우리 근처에서 잠잠해졌다. 말리와 나는 숨을 참고 담벼락에 몸을 바싹 붙였다. 재개발 구역이 어두컴컴해서 다행이었다. 이윽고 작은 발소리가 우리 근처에서 천천히 울렸다.

"준호야."

말리와 나는 눈만 휘둥그레 뜬 채 입을 막았다. 아리 샘의 목소리는 살인마치고 아주 편안하고 다정했다.

"준호야, 너희 여기 있는 거 알아."

아리 샘이 서성이며 말했다.

"너희가 무슨 오해를 한 거 같은데……. 내가 다 설명해 줄게. 너희가 생각하는 그런 거 절대 아니야. 선생님 말 믿어도 돼."

네, 그러시겠죠. 이제 당신은 내가 오늘 밤 아홉 시쯤까지 사랑했던 여자가 아니야. 가난한 시골 처녀도 아니고, 늙은 부모에게 소를 사 주려던 효녀도 아니지. 그저 내 심장과 콩팥을 탐낼 뿐이라고.

발소리가 우리 곁을 스쳐 지나갔다. 아리 샘은 계속 내 이름을 부르며 나아갔다. 발소리가 점점 멀어졌다. 그것은 영원처럼 느리게 느껴졌지만, 우리의 삶이 되돌아오리라는 희망의 소리였다. 이제 발소리는 거의 사라지다시피 했다. 말리와 나는 고개를 들어 어둠 속에서 서로를 쳐다봤다. 우리가 느끼기에 위험은 웬만큼 사라진 것 같았다.

"푸하."

말리가 참았던 숨을 내쉬었다.

나도 따라 "후아." 하며 안도의 한숨을 내쉬었다.

"이제 갔나 봐."

내가 말했다.

"그런 거 같아. 발소리가 사라진 지 5분은 된 거 같은데."

이 와중에도 말리 녀석은 빗을 꺼내 머리에 볼륨을 넣고 있었다. 녀석이 저런 짓을 하는 걸 보니 현실의 감각이 다시 돌아왔다. 주머니에서 휴대폰을 꺼내 보니 엄마에게서 메시지가 와 있었다. 하지만 경찰에 신고하는 게 먼저였다. 여기서 섣불리 움직이기보다 경찰이 올 때까지 기다리는 편이 나을 듯했다.

휴대폰 잠금 화면을 풀자 액정에 아리 샘의 얼굴이 떴다. 번호를 저장한다는 핑계로 찍은 사진이었다. 다정하게 웃고 있는 아리 샘과 나. 하아, 왠지 한숨이 흘러나왔다. 어둠 속에서 휴대폰 불빛이 말리와 내 얼굴을 비췄다. 떨리는 손으로 다이얼 패드에 112를 누르려 할 때였다.

"여기 있었구나."

쪼그려 앉아 있는 우리 위에서 아리 샘의 목소리가 들렸다. 고개를 돌려 확인할 필요조차 없었다. 일순간 한기가 느껴지면서 우리는 돌처럼 굳어 버렸다.

"얘들아, 그렇게 도망가면 어떡해."

웃음기 섞인 목소리였다. 천천히 돌아보자 아리 샘이 긴 머리를 늘어뜨리고 눈을 반짝이며 우리를 내려다보고 있었다. 눈과 눈이 마주친 순간, 우리는 소리를 지르며 자리를 박차고 일어났다. 하지만 아리 샘의 두 손이 말리와 내 팔목을 낚아챘다. 우리는 괴성을 지르며 미친 듯이 뿌리치려 했지만 팔목이 거대한 밧줄에 묶인 것처럼 꼼짝할 수 없었다. 여리여리한 아리 샘의 손아귀 힘이 이렇게 셀 줄이야. 이러니 사람을 죽일 수 있었던 걸까? 우리도 같은 꼴을 당할 게 뻔했다. 갑자기 눈에 눈물이 고였다. 아직 이렇다 할 것 없는 인생이 이대로 끝난다는 게 믿기지 않았다.

"얘들아, 진정해. 내가 다 얘기해 줄게."

"살려 주세요. 우리가 본 건 아무한테도 말하지 않을게요."

내가 외쳤다.

"저는 아무것도 몰라요. 그냥 얘를 따라왔을 뿐입니다. 친구 잘못 둔 죄밖에 없어요."

말리가 유남생을 붙이지 않고 말했다.

아리 샘은 살짝 미소 짓더니 우리를 잡고 있던 팔에 힘을 주어 돌렸다. 그러자 우리는 바람 빠진 풍선 인형마냥 바닥에 주저앉게 됐다. 프로의 솜씨다. 아리 샘은 북한군 출신일지도 모른다. 이제 죽음이 바짝 다가온 느낌이었다. 코브라의 눈빛에 덜덜 떠는 생쥐처럼 우리는 꼼짝할 수 없었다.

"자, 흥분을 가라앉히고 내 얘기를 들어 봐. 너희가 어떤 오해를 했는지 아니까."

고등학생 팔목을 비틀어 제압한 여자가 내뱉는 말치고 믿음이 안 갔다. 아리 샘은 유치원생처럼 울먹이는 우리를 앞에 두고 천천히 이야기를 시작했다.

TRACK 10

말리와 나는 졸지에 훈계를 듣는 불량아들처럼 바닥에 무릎을 꿇은 채 아리 샘의 이야기를 듣게 됐다. 덩치 큰 10대 남자애 둘이 가녀린 여자에게 붙잡혀 울먹이는 꼴이 가관이라 여길 수도 있다. 하지만 힘으로 팔을 꺾어 우리를 제압한 여자 앞에서 할 수 있는 일은 별로 없었다.

"자, 얘들아. 진정하고 내 말을 들어 봐."

아리 샘이 속삭였다.

"선생님, 저희는 아무것도 몰라요. 그냥 여기 산책하는 중이었어요."

내가 말했다.

"맞아요. 공부를 너무 해서 바람 좀 쐴 겸 지나가고 있었습니다."

말리가 울먹이며 말했다.

"그래, 알았어. 충분히 알겠고, 내가 하고 싶은 얘기는 이거야. 준호랑 친구가 아까 나를 봤잖아?"

아리 샘은 여전히 다정하게 물었다. 살인마가 아니라 내 방에서 과외 할 때가 떠오르는 말투였다.

"그래, 너희가 이렇게 겁에 질린 것도 무리는 아니지. 다 이해해. 내가 뉴스에 나온 연쇄 살인범이라고 생각하는 거지?"

아리 샘의 말에 나는 고개를 저었고, 말리는 끄덕였다.

이 바보 같은 놈. 도둑질도 손뻑이 맞아야 하지. 아리 샘은 쪼그려 앉아 우리와 눈높이를 맞췄다.

"이제부터 내가 하는 말 잘 들어. 조금 놀랄 수도 있는데……나는 사실……."

사실 사이코 살인마 아닌가? 그거 말고 더 들을 말이 뭐가 있을까? 어떤 말을 들어도 그보다 놀라울 것은 없다.

"외계인이야."

순간 우리 세 사람의 입에 자물쇠를 채운 것처럼 정적이 맴돌았다. 주변 공기가 착 가라앉고, 어디선가 까마귀 우는 소리가 들려왔다. 달빛을 받은 아리 샘의 얼굴에는 예쁜 미소가 걸려 있었다. 뻔뻔하게도 우리를 죽이기 전에 실컷 갖고 놀 생각인 것 같았다.

“역시 그럴 줄 알았습니다.”

말리가 뒤통수를 긁으며 말했다.

녀석은 아리 샘의 입에서 어떤 말이 나오든 관심 없고, 그저 살인마의 환심을 사 목숨을 연장할 생각뿐인 듯했다.

“저기, 그러면 아까 그 가방에서 나온 건…….”

내가 아리 샘에게 조심스레 물었다.

“그건 합성 인조 가죽이야. 우주에서 온 우리가 지구인으로 위장하려고 만든 가짜 외피지.”

“뉴스에서는 인간의 DNA가 고스란히 담겨 있다고 하던데요. 어떻게 그런 것까지…….”

내가 말했다. 상식적으로 그런 일이 가능할까? 급작스러운 전개에 내가 할 수 있는 일은 그저 질문을 던지는 것뿐이었다. 머릿속에 떠다니는 수많은 질문들.

“음, 그래서 그 DNA를 가진 인간의 신원이 밝혀졌니? 사망자 신원이 밝혀졌다는 보도는 하나도 없을걸? 그들은 멀쩡히 살아 있으니까. 우리는 너희가 추측하는 것보다 훨씬 진보된 과학 기술을 가지고 있어. 머리카락 한 올로도 인간 복제가 가능해.”

아리 샘의 말을 듣고 보니 발견된 시신(정확히는 인간의 피부 가죽) 모두 신원 불명이고 실종자 역시 나타나지 않았다는 사실이 떠올랐다. 그렇다고 해도 아리 샘의 말을 믿기는 힘들었다. 외계인이라니…….

“그럼 누님도 지금 인간의 가죽을 뒤집어쓰고 계신 건가요?”

말리가 묻자 아리 샘이 고개를 끄덕였다.

“왓 더!”

말리는 놀라서 엉덩방아를 찧었다. 녀석은 이제 아리 샘이 외계인이라는 말을 완전히 믿는 눈치였다. 나는 말리가 미래에 다단계 회사 사무실에 앉아 있는 모습을 떠올렸다. 20만 원짜리 온수 매트를 500만 원에 사겠지. 쯧, 순진한 놈.

“그래, 많이 놀랐을 거야. 조금 전까지 과외 선생님이었던 사람이 갑자기 외계인이라고 밝히니 너희가 놀라는 것도 당연해. 하지만 난 절대 사람을 죽이거나 그 가죽을 벗기는 짓은 하지 않았어. 그저 지구에 온 내 임무를 위해 잠시 위장했을 뿐이야. 얼마 전 이 동네 상공에 엄청난 빛과 굉음이 나타났었지? 실은 내가 여기 도착할 때 일어난 에너지 방출 현상이었어. 이 동네 사람들은 모두 알았지만, 뉴스나 신문에는 단 한 줄의 기사도 나오지 않았지.”

아리 샘이 우리의 눈을 보며 말했다. 그 큰 눈이 호소하고 있었다. 진실을 믿어 달라고.

“그럼 과외는 왜 하는 거예요? 머나먼 우주에서 지구까지 온 목적이 과외는 아닐 거 아닙니까?”

내가 묻자 아리 샘은 타당한 질문이라는 듯 고개를 끄덕였다.

"맞아, 과외는 공적인 임무가 아니야. 그건 내 개인적인 관심이었어. 내가 준호에게 가르친 과목이 뭐지? 국어야. 나는 이 지구, 특히 한글이라는 언어에 관심이 있어. 언어의 작동 방식, 음소 문자, 상형과 가획의 원리, 천지인 사상, 자음과 모음으로 모든 글자와 뜻을 만들어 내는 게 흥미로웠거든. 물론 우리 별에서는 음과 파동으로 이야기하지만, 한글도 내게는 충분히 아름다운 소통 수단이었어. 과외를 한 건 이론만으로는 부족했기 때문이야. 실사용되는 범위를 알려면 인간과의 접촉이 필수였거든."

아리 샘의 말을 듣고 있자니 묘하게 설득됐다.

"역시 배운 외계인은 다르네. 안 그래? 브로."

말리가 맞장구쳤다.

"그게 개인적인 임무라면, 공적인 임무는 뭔가요?"

내가 물었다.

"그건 말할 수 없어. 아주 위험한 문제가 될 수도 있거든."

"인간 가죽은 어떻게 된 거예요? 그런 걸 버려서 의심 살 필요는 없었잖아요?"

내가 질문을 계속 이어 갔다.

"호, 브로. 언제부터 그렇게 호기심 천국이었어? 아리 샘 당황하시잖아. 유남생?"

말리가 말했다.

녀석은 내가 일을 키우는 중이라고 생각할 것이다. 하지만 이 퍼즐을 이해하기 위해서는, 아리 샘이 사이코 살인마가 아니라는 걸 믿을 수 있는 타당한 이유가 필요했다.

"그래, 인정할게. 내가 실수했어. 아무리 인간으로 위장했다고 해도 나는 결국 외계인이야. 행동, 버릇, 식습관, 언어 등에서 이상한 점이 금방 발견돼. 들키지 않으려면 신분을 자주 바꿀 필요가 있었어. 하지만 뒤처리가 깔끔하지 못해서 이런 사건을 불러일으켰네."

아리 샘은 조금 풀이 죽은 듯 말했다.

하지만 여전히 믿기지 않았다. 사이코 살인마에서 외계인이라니, 그야말로 뜬금없는 전개였다. 분명한 건 둘 다 정상은 아니라는 것이다. 그나마 사이코 살인마보다 외계인이 조금 나은 정도?

"소는 또 뭐였어요? 왜 소 살 돈이 필요했나요? 외계인이라면 그냥 소를 가져가도 될 텐데."

"우리는 '도메인'이라 불리는 우주 연합이야. 수많은 별과 외계 종족이 얽혀 있지. 우린 예전에도 지구에 온 적이 있어. 정확히는 1947년 7월, 뉴멕시코주 로즈웰이었어. 믿기 힘들겠지만 지구는 우리가 관리하는 별이야. 직접적으로 관여하지는 않아도 도메인의 재산이라고 할 수 있지. 그때 사막에서 대규모 핵 실험이 벌어져 우주에서까지 방사능이 감지됐고, 우리는 지구를 조사하러 왔지. 당시 조사를 마치고 돌아가면서 지구의 생물을 연구하기 위해 소 한 마리를 데려갔어. 내 상관인 마놀리나는 그 소를 지극정성으로 보살폈는데, 얼마 전 그 소가 나이가 들어 죽고 말았어. 마놀리나는 정든 소가 죽자 슬픔에 빠졌지. 그래서 내가 도메인으로 돌아갈 때 마놀리나에게 선물로 몇 마리 가져다주고 싶었어. 아무리 우리가 지구를 관리한다고 해도 사유 재산을 멋대로 할 수는 없잖아."

아리 샘이 말했다. 막힘없이 술술 이야기하는 게, 진짜인지 우릴 웃기려는 건지 헷갈렸다.

"그럼 '도메인'이라는 곳에서 임무를 띠고 와서 지구의 언어를 공부하기 위해 인간 가죽을 뒤집어쓰고 과외 선생님으로 위장했고, 소는 선물용으로 가져가려 한 거다, 이 말씀인가요?"

내가 물었다.

"그래. 말했다시피 언어 연구는 개인적인 관심사였고 그보다 더 중요한 임무가 있긴 해. 하지만 기본적으로는 네 말이 맞아. 이제 내 임무를 마쳐서 돌아갈 시간이 된 거지."

나는 말리의 얼굴을 쳐다보며 지금까지 아리 샘이 한 이야기를 곱씹어 봤다. 말리는 약간 의심스러워하는 눈치였지만, 여기서 살아 돌아갈 수만 있다면 더한 이야기도 믿을 것이다. 나 역시 마찬가지고.

어두운 밤, 으스스한 재개발 구역에서 자신이 외계인이라고 주장하는 유력 살인 용의자와 마주하고 있을 때 우리가 해야 할 일은 최대한 심기를 거스르지 말고 협조적인 태도를 취하는 것이다.

말리는 정신이 나갔는지 아리 샘의 손을 잡으며 말했다.

"선생님, 전 준호의 베프 MC 말리라고 합니다. 이 먼 타국, 아니 타 행성까지 와서 얼마나 론리하고 힘드셨습니까. 막중한 사명을 완수하고 개인적인 연구까지 하시다니, 정말 리스펙합니다. 지구인들의 따가운 눈총과 차별을 이겨 내고 꿋꿋이 버티시다니 정말 대단하십니다."

말리가 떠드는 소리에 어처구니가 없었다. 살기 위해 별 생쇼를 다 하는구나.

"너는 언어를 참 이상하게 사용하는구나."

아리 샘은 이렇게 말하면서도 이내 눈가가 촉촉해졌다.

"하지만 맞아. 네 말을 들으니 조금 위안이 되긴 하네. 여긴 도메인에서 너무 멀리 떨어져 있거든. 집과 부모님이 그리워."

아리 샘이 눈물을 글썽이며 말했다.

"압니다. 그 맘 저도 압니다. 유 노 아 민?"

말리는 되도 않는 소리를 내뱉더니 아리 샘과…… 포옹을 하는 게 아니겠는가!

상황이 점점 더 이상하게 돌아갔다. 나는 아직 아리 샘의 입에서 나온 이야기를 믿을 수 없었다. 아리 샘은 자기가 외계인이라 말했을 뿐, 그에 대한 어떤 증거도 제시하지 않았다. 사이코 살인마라는 의심을 떨칠 무엇도, 최소한 우주선 같은 것도 주변에 없었다.

말리는 아리 샘과 포옹하며 "제가 다 압니다. 알지요. 사람 사는 게 그렇거든요. 유남생?" 같은 소리를 지껄였다. 녀석은 아리 샘의 품속에서 도리질하다 나와 눈이 마주치자 슬그머니 가까이 오라는 손짓을 했다. '뭐야, 저 자식…….'이라고 생각하다 녀석의 손짓이 무슨 뜻인지 알 것 같았다. 파렴치한 자식. 외계인인지 살인마인지 모를 여자의 품에 안겨 있는 모습에 한숨이 나왔다.

"아리 선생님, 얼마나 고생이 많으셨어요? 우주는 차갑다죠? 그런데도 아리 샘은 넓고 따뜻한 인정을 지니셨네요."

이렇게 말하며 나도 그녀의 품에 안겼다. 아리 샘은 그래, 하며 나까지 보듬어 주었다. 우리는 아리 샘의 품에서 그녀가 이 먼 타국, 아니 타 행성에서 느꼈을 외로움과 슬픔을 함께 느꼈다. 슬쩍 옆을 보니 말리 녀석이 킥킥거리며 웃는 게 보였다. 그러자 긴장이 풀리면서 나도 웃음이 나왔다.

하지만 지금 이 상황만 놓고 본다면 우리의 행동은 황당하고 멍청한 짓이었다. 그래, 맞다. 아리 샘이 진짜 외계인이든 살인마든 간에 우리를 어떻게 하진 않을 거라는 막연한 기대와 희망이 있었다. 그러니 지금 말리와 함께 이런 바보짓을 하는 게 아니겠는가.

"선생님, 그럼 지금 이 모습이 진짜가 아니라는 거죠? 그러니까 선생님의 진짜 외계인 모습이……."

내가 묻자 아리 샘은 미소 지으며 고개를 끄덕였다.

말리와 내가 그 모습을 궁금해하자 아리 샘은 여기서 가죽을 벗으면 여러모로 번거로워지기 때문에 당장은 본래 모습을 보여 주기 힘들다고 했다. 그래, 눈이 왕방울만 한 대머리 외계인보다는 지금 모습이 훨씬 보기 좋은 건 사실이다. 굳이 ET 같은 모습을 보고 싶진 않았다.

바지 주머니 속에서 휴대폰 진동이 느껴졌다. 불편한 자세로 휴대폰을 꺼내 보니 이번에도 엄마가 보낸 문자 메시지였다. 내용을 확인하려는데 아리 샘이 내 손을 막았다. 손가락을 입에 대고 쉿, 하며 조용히 하라고 했다.

우리는 무슨 영문인지 몰라 아리 샘을 쳐다보았다. 아리 샘의 얼굴에 긴장한 기색이 역력했다. 뭔가 또 다른 일이 벌어질지 모른다는 불안감이 들었다. 그때, 멀찍이서 자동차 엔진 소리가 들렸다. 그것도 한두 대가 아니었다. 조용하던 주변이 갑자기 소란스러워졌다. 말리와 나, 아리 샘은 귀를 쫑긋 세우고 바깥 소리에 집중했다. 자동차가 근처에 멈춰 서고 차 문이 열리는 소리에 뒤이어 수많은 발소리가 들려왔다.

TRACK 11

"이게 무슨 소리예요?"

내가 아리 샘에게 물었다. 물론 사람 소리라는 건 알고 있다. 아직 보청기 낄 나이는 아니니까. 그러나 한밤중에 이런 곳에 어울리지 않는 소리가 들리면 누군가에게 이유를 물어보고 싶어지는 법이다. 나 말고 더 똑똑한 누군가는 답을 알 것이다. 예를 들면 신이나 미지의 외계인 같은……. 하지만 아리 샘은 굳은 표정으로 조용히 하라는 신호만 보냈다. 우리는 아리 샘이 시키는 대로 숨죽인 채 가만히 있었다.

이 순간 왜 아리 샘의 말을 따랐는지 모르겠다. 어쨌든 아리 샘은 살인자 혹은 외계인 둘 중 하나였다. 일반적으로 나 같은 평범한 놈이 함께해선 안 될 인물이라는 건 확실했다. 소리 지르며 뛰쳐나갔어야 마땅했지만, 말리와 나는 아리 샘과 함께했다. 숨을 죽이고, 동태를 살피고, 앞으로 벌어질 일에 대비했다.

"너희한테 말 안 했는데……. 실은 나를 뒤쫓는 사람들이 있어."

아리 샘이 조용히 소곤댔다.

사람들의 발소리가 여러 갈래로 퍼져 나갔다. 합을 맞춘 듯한 기계적인 구둣발 소리가 울려 퍼졌다.

"그게 누군데요?"

아리 샘을 따라 내가 조용히 물었다.

"지난 세기 동안 지구의 과학 기술은 급속히 발달했어. 도메인에서 예상한 것보다 훨씬 빠르게. 아마 지구에 있는 누군가가 외계의 기술을 습득한 것 같아. 그리고 그 기술을 이용해서 내가 지구에 온 걸 관측했어."

"뎀, 그런 게 가능해요?"

이번에는 말리가 물었다.

우리 옆으로 구둣발 소리가 들려서 잠시 숨을 멈추고 벽에 더 바짝 붙어 섰다. 슬쩍 내다보니 검은 양복 차림의 남자들이 있었다. 다부진 체격에 머리를 짧게 친 험상궂은 형님들. 그들은 저마다 네모난 태블릿을 들고 주변을 서성이고 있었다.

발소리가 멀어지자 아리 샘이 다시 입을 열었다.

"도메인에 좋은 외계인만 있는 건 아니야. 항상 체제 전복을 노리는 악당들이 존재하지. 그들은 우주의 패권을 차지할 기회를 호시탐탐 노리고 있거든. 대부분은 평화와 균형을 원하지만, 어둠의 존재들이 지구의 누군가에게 과학 기술을 넘기고 있어."

아리 샘이 곁으로 다가와 말하는 바람에 얼굴로 숨결이 스쳐 괜스레 볼이 붉어졌다. 밤이라 다행이었다.

"그런데 저 사람들은 왜 피해야 해요?"

내가 물었다.

"도메인에 악당들이 있듯이 지구에도 좋지 않은 사람들이 있어. 저들은 바로 그런 사람들이지. 돈과 권력을 쥐고 모든 일을 조종하는 부류. 저들의 세력을 조사하는 것이 내 임무 중 하나였는데, 오히려 저들이 먼저 내 존재를 알아챘어. 도메인 내부자와 모종의 정보 교환이 있었겠지. 어쨌든 저들은 나를 찾고 있는 거야. 내가 가진 정보와 타고 온 우주선을 빼앗으려고. 내가 도메인으로 돌아가는 걸 막으려는 거지."

"왓! 그럼 아리 샘이 저들에게 잡히면 큰일이잖아요. 오, 맨!"

말리가 목소리를 높이자 아리 샘과 내가 조용히 하라고 주의를 줬다.

아리 샘 말대로라면 저들은 아리 샘의 정체를 알고 생포하기 위해 포위망을 좁히는 중이었다. 나는 점점 더 아리 샘이 사이코 살인마라기보다 외계인이라는 가정에 빠져들고 있었다.

"내가 실수한 것 같아. 지난번 지구 상공에 도착할 때 남긴 흔적이 저들에게 추적할 빌미를 줬어. 지구에서 그 정도 관측을 할 수 있으리라고는 전혀 예상하지 못했거든."

아리 샘은 벽에 등을 기댄 채 몸을 웅크렸다. 아마도 자책하는 듯했다. 그 모습이 꼭 20대 인간 누님들이 연애나 취업에 실패하고 괴로워하는 모습 같았다. 아니, 어떻게 저런 인간적인 모습까지 똑같이 흉내 낼 수 있지? 의문과 동시에 연민이 소용돌이쳤다.

아리 샘을 도울 방법을 찾아야 했다. 만약 아리 샘이 저들에게 잡힌다면 어디 지하 벙커 같은 곳에 끌려가 해부당하거나 새로운 반도체를 개발할 때까지 고문당할지 모른다. 눈앞의 아리따운 여성이 실제로는 대머리에 회색 피부를 가진 외계인이라 해도 그런 일을 당하는 건 원치 않는다.

또다시 분주한 발소리가 들렸다. 외계인과 우주선을 차지하면 앞으로 벌어질 기술 전쟁에서 우위를 차지할 수 있을 테니 저들은 이 절호의 기회를 놓치지 않으려고 혈안이 된 거다. 어쩌면 미국이나 중국에서도 서울 변두리의 이 재개발 구역을 주시하고 있을지 모른다. 이런 일은 어쩌면 개인이 아니라 국가 권력의 주도 아래 이루어져, 그에 방해가 되는 하잘것없는 남자애 둘쯤은 먼지처럼 사라질지도 모른다. 게다가 그 둘은 미래에 핵심 인력으로 성장할 가능성조차 없다. 한 놈은 게으른 영화광에 다른 녀석은 혀 꼬부라진 소리나 한다. 최첨단 AI와 자율 주행 자동차, 나노 소자, 꿈의 반도체 등을 개발할 기회와 맞바꾼다 해도 전혀 이상한 일이 아니다.

"왓 알 유 두잉? 스텝 브로. 지금 정신을 어디다 팔고 있는 거야."

말리가 어깨를 잡고 흔들어 장황한 공상에서 나를 깨웠다. 나는 말리와 아리 샘의 얼굴을 번갈아 쳐다봤다. 영화 속 주인공들처럼 외계인 친구를 위해 나서야 할 때였다. 우리가 할 수 있는 일. 그게 뭘까? 일단 금전적으로는 했는데…….

우리가 숨어 있는 곳 근처에서 알 수 없는 기계음이 들렸다. 심해 잠수함에서 날 법한 음파 탐지기 소리 같았다. 양복 입은 사내들이 태블릿으로 무언가 작동시켜 이 일대를 스캔하는 것 같았다. 이마에서 식은땀이 주르륵 흘러내리는 게 느껴졌다. 다행히 그 묘한 기계음은 우리에게서 조금씩 멀어졌다.

"후, 이제 갔나 봐요. 그런데 이렇게 있다간 저 사람들한테 금방 들킬 것 같아요."

주변이 충분히 조용해졌다고 생각한 내가 입을 열었다.

"맞아. 내 생각도 그래. 이대로 있으면 위험해."

아리 샘이 말했다.

"브로, 그럼 어떡하지?"

말리가 벽에 기대 선 몸을 바로 세웠다. 우리 셋은 옹기종기 모여 앉아 머리를 맞대고 작전을 짰다.

“음, 제가 생각한 게 있는데……. 일단 잘 들어 봐요. 저 사람들은 지금 아리 샘을 잡으러 돌아다니는 거잖아요. 그리고 아리 샘은 지구에서 임무가 끝난 거죠?”

아리 샘이 고개를 끄덕였다. 나는 이렇게 아름다운 외계인이 내 말을 경청한다는 것에 용기를 얻었다.

“좋아요. 그럼 아리 샘이 타고 온 우주선은 이 근처에 있나요?”

“어, 아까 너희랑 마주쳤던 곳 근처에 있어.”

“브로, 무슨 아이디어 있어?”

나는 잠시 생각을 정리한 다음 말했다.

“그럼 일단 말리랑 제가 먼저 이곳을 벗어날게요.”

“왓 더! 브로, 나 100미터 달리기 19초. 유남생? 여기서 나가면 바로 붙잡히고 말걸.”

말리의 말 같지 않은 소리는 무시했다.

“그래, 맞아. 아마 붙잡히겠지. 그게 목적이야. 최대한 소란을 피우면서 도망치면 저 사람들이 우리를 쫓아올 거 아니야. 우리가 소란 피우는 사이에 아리 샘은 아까 그 장소로 돌아가서 무사히 우주선을 타면 된다, 이거야. 오케이?”

어둠 속에서 나를 향해 반짝이는 아리 샘의 눈빛이 느껴졌다.

“아리 샘, 사실 우리는 아리 샘이 사이코 살인마인 줄 알고 깜짝 놀랐어요. 그런데 외계인이라고 해서 더 놀랐습니다."

"예, 에일리언 스웩!"

"우리는 서로 잘 모르지만 짧은 시간 제가 겪은 아리 샘은 좋은 사람이었어요. 저에게 아리 샘은 아름답고, 상냥하고, 효녀인 사람이었어요. 그렇게 기억할게요. 그리고 지구에도 곤경에 처한 외계인을 도우려는 착한 사람들이 있다는 걸 알려 주고 싶었어요. 외계인을 도왔다고 지구인들에게 미움받을지 모르지만, 그래도 저는 아리 샘을 돕고 싶어요."

나는 아리 샘의 두 손을 잡고 말했다. 이렇게 이성의 손을 턱 잡을 용기가 내게 있다는 게 놀라울 따름이었다. 아리 샘도 나의 장황한 말을 이해했다는 듯 고개를 끄덕였다. 우리의 언어를 충분히 연구한 덕분이겠지. 아리 샘과 나는 손을 맞잡고 서로의 눈을 응시했다.

"왓 어 뷰티풀! 지구인과 외계인의 종을 뛰어넘는 러브 스토리. 내 눈시울을 적시는 게 눈물은 아니겠지? 브로."

말리는 휴대폰으로 아리 샘과 내 모습을 찍었다.

"뭐 하는 거야?"

내가 묻자 말리는 틱톡에 외계인과의 이별을 담은 영상으로 올리겠다고 했다. 이 삭막한 세상에 보기 드문 아름다운 장면이라며, 사람들이 '좋아요'를 많이 누를 거라고 했다.

"엉뚱한 소리 하지 마. 그런 걸 올리면 FBI가 너희 집 앞으로 찾아갈걸."

"너희 모두 고마워. 나를 도와주려고 한 것 잊지 않을게. 내가 지구에서 무사히 탈출한다면 뭔가 보답할 수 있을지 몰라."

아리 샘이 다급히 말했지만, 우리에게는 그 뭔가를 떠올릴 만한 시간이 없었다. 말리와 나는 눈짓을 주고받고 몸을 일으켜 세웠다. 꽤 오랫동안 쪼그려 앉아 있었더니 다리가 저렸지만, 몇 번 구부렸다 폈다 했더니 나아졌다.

"아리 샘. 그럼 몸조심하세요. 무사히 도메인으로 돌아가시길 빌게요."

"오케이, 브로. 어디 한번 해 보자고. 렛츠 기릿!"

우리는 크게 심호흡하고 담벼락을 넘었다. 주변을 살폈지만 남자들은 보이지 않았다. 어둠에 싸인 재개발 구역의 서늘한 풍경이 눈에 들어오자 왠지 이 모든 일이 비현실적으로 느껴졌다. 그래서인지 모르겠지만 평소에는 느껴 보지 못한 용기가 샘솟았다. 나보다 남을 위해 행동한다는 건 꽤 근사한 일이구나, 생각하며 발을 내디뎠다. 땅바닥에 나뒹굴고 있는 기다란 철근이 보였다. 공사장에서 쓰고 남은 자재 같았다. 우리는 철근을 주워 들어 땅바닥과 벽을 두들겼다. 깡, 깡, 하는 소리가 났다.

"우와, 저게 뭐지?"

내가 아무 말이나 크게 외쳤다.

"글쎄, 빌보드 차트 1위의 래퍼 아닌가?"

말리는 진짜 아무 소리나 해 댔다.

"멍청한 소리 하지 마!"

이렇게 말리와 나는 크게 소리 지르며 철근으로 이것저것 내리치며 달려 나갔다. 둔탁하고 거친 소리가 밤하늘에 울렸다. 외계인을 잡으려고 혈안이 된 남자들의 귀에 쏙쏙 잘 들어갈 것이다. 잠깐 뒤돌아보자 아리 샘이 우리와 반대 방향으로 향하는 모습이 보였다. 우리는 더욱더 빨리 움직이며 골목길을 뛰었다. 피리 부는 사나이처럼 남자들을 끌어모아야 했다. 역시 우리가 지나온 골목에서 그림자들이 번개처럼 튀어나왔다. 그들은 우리 소리를 듣고 일사불란하게 모여들었다.

말리와 나는 이후에 벌어질 일을 상상할 수 없었다. 그저 알 수 없는 소리를 지르며 다리를 놀릴 뿐이었다. 땀이 나고 숨이 가빠 왔다. 외계인을 돕기 위해 이러고 다닌 걸 알면 엄마가 뭐라고 할까? "어이구, 자식새끼라고 하나 있는 게 외계인한테 빠져서는 저러고 다니고 내가 못산다." 엄마의 목소리가 귀에서 자동 재생되었다.

어쩌면 우리는 저 남자들에게 잡혀 네바다주 사막 한가운데에 유배될지도 몰랐다. 외계인과 내통했다는 이유로 환갑이 넘도록 감금되어 그곳에서 생을 마감할지도……. 그런 상상을 하니 좀 무서워졌다.

우리 뒤로 따라붙은 남자들은 한둘이 아니었다. 그들은 우리를 향해 계속 뭐라고 소리쳤는데, 잘 들리지 않았다. 다리가 후들거리기 시작했다. 숨이 가쁘다 못해 심장이 아플 정도였다. 말리 말처럼 우리의 달리기는 그리 빠르지 않았다. 골목에서 점점 더 많은 남자들이 튀어나왔고, 우리는 곧 그들에게 포위되었다. 남자들이 매서운 눈빛으로 우리를 노려봤다. 꽤 뛰었다고 생각했는데, 그들은 가쁜 숨소리를 내지도 땀 한 방울 흘리지도 않았다.

우리가 진이 다 빠져 헉헉거리고 있는 와중에 남자들을 헤치고 풍채 좋은 중년 남자가 우리 앞에 섰다. 그는 우리를 묘한 눈길로 바라봤다.

"허, 이거 참 난감하네."

각진 얼굴에 숱 많은 흰머리를 뒤로 넘긴 중년 남자는 눈썹과 눈이 너무 딱 붙어 있어서 꼭 만화 캐릭터 같았다. 하지만 단단해 보이는 근육질의 체구는 말리와 나에게 위압감을 주기에 충분했다. 흰머리 남자는 다른 사람들과 달리 은색 양복을 입고 있었는데, 그래서 나는 그가 이들의 우두머리라 여겼다. 그는 아주 느릿느릿 신중하게 우리를 살폈다.

"너희들 여기서 뭐 하고 있지?"

그가 우리에게 다가와 말을 건넸다.

예상대로 낮고 굵은 목소리였다. 인생의 풍파를 정면으로 맞은 듯한 거친 느낌이었다. 분위기를 보니 어쩌면 우리가 잘못된 선택을 한 걸지도 모른다는 걱정이 들었다. 말리는 밤 운동을 하러 나왔다고 말했지만, 흰머리 남자는 믿지 않는 눈치였다.

그때 흰머리 남자의 가슴에 달려 있는 동그랗고 작은 무전기가 울렸다.

"부장님. 플레이4. 재개발 지구 북동쪽 2-1구역에서 여자를 발견했습니다."

우리는 무전기에서 흘러나온 소리에 헉, 하고 숨을 들이마셨다. 흰머리 남자가 씨익 웃었다. 과묵한 인상이 한순간에 싸늘하게 돌변했다. 우리의 작전은 실패였다.

"너희는 얘들 데리고 먼저 가. 조사할 게 있으니까. 나는 용의자를 생포한다."

흰머리 남자는 부하들에게 지시하고 아리 샘이 발견됐다는 장소를 향해 몸을 돌렸다. 몸을 돌리기 전에 그는 우리를 보고 웃었다. 소름 끼치도록 새하얀 이가 어둠 속에서도 선명하게 보였다.

TRACK 12

할아버지는 멋진 분이셨다. 이미 세상을 떠나셨기 때문에 과거형으로 이야기하는 것이 슬프다. 할아버지는 다른 할아버지들처럼 허리가 꼬부라지지도 않았고, 대머리도 아니었으며, 이마에 주름도 많지 않았다. 짧은 머리를 가지런히 빗고 옷도 언제나 멋쟁이처럼 깔끔하게 차려입었다. 가죽 재킷을 입고 머플러를 두른 할아버지는 같은 연배보다 한참 젊어 보였다. 거짓말을 조금 보탠다면, 나와는 늦둥이를 둔 아버지와 아들 사이처럼 보였을 정도다.

그러나 아빠와 엄마는 할아버지를 탐탁지 않게 여겼다. 술을 좋아하고, 여자관계가 복잡하며, 이런저런 사고를 많이 친다고 불평했다. 젊었을 땐 보증을 잘못 서서 재산을 탕진하더니 나중에는 사업을 한다며 나섰다가 빚만 잔뜩 졌고, 그 빚은 할머니가 평생 고생하며 갚았다고 한다.

그리하여 할아버지는 자식들에게 원망을 받았다. 하지만 난 알고 있다. 할아버지가 좋은 사람이라는 걸. 세상일이라는 게 다 뜻대로 되지 않는다는 걸. 모두가 원하는 대로 인생을 살 수는 없다는 걸. 할아버지는 그런 인생을 살았을 뿐이다.

할아버지는 내게 지난날을 이야기하며, 잘해 보려고 애썼지만 결과가 좋지 않았다고 했다. 그래서 자식들 볼 면목이 없다고. 그러면서도 낮에 콜라텍에 자주 놀러 갔다. 할아버지는 콜라텍에 가는 건 사회적 활동이라고 했다. 할아버지 말에 따르면, 콜라텍에서는 정보를 얻고 인맥을 넓힐 수 있었다.

"세상에 노력하지 않고 얻을 수 있는 건 없지. 사람이란 정보에 지배받는단다. 네 아빠랑 엄마는 내가 콜라텍에 간다고 뭐라 하지만 그건 몰라서 하는 소리야. 거기서 알짜배기 정보가 오고 가거든. 주식이나 코인, 부동산 같은 거 말이다. 물론 콜라텍이라는 명칭 때문에 거부감이 들 수도 있지. 때에 따라 어떤 단어는 관습에 의해 사람들에게 거부당하기도 하니까."

이 말을 하며 할아버지는 가위로 코털을 다듬고 겨드랑이에 향수도 뿌렸다. 그 모습을 보아서는 정보를 얻으려는 게 아니라 할머니들에게 점수를 따려는 것처럼 보였다. 아빠는 그런 할아버지에게 화를 냈고, 할아버지는 할아버지대로 화가 나 혼자 낚시도 못 가는 소심한 놈이라고 아빠를 비난했다.

할아버지 말대로 아빠는 낚시를 좋아했다. 그런데 할 줄 몰랐다. 어느 날 인터넷에서 낚시 영상을 보고 관심을 갖게 됐지만, 정작 아는 게 없어 강원도나 제주도의 포구에 가서 바다를 유심히 바라보고 주변 낚시꾼들을 관찰하는 게 다였다.

"준호야, 네 아빠를 봐라. 저 녀석은 야망이 없어. 남자라면 응당 갖춰야 할 배포가 부족하단 말이지. 도전이나 성취 같은 단어랑은 담을 쌓았어. 내 말이 무슨 뜻인지 알겠니?"

할아버지가 어렸던 내게 말했다. 대충 무슨 말인지 알 것 같아서 고개를 끄덕였던 기억이 난다.

"네 아비가 내 피를 제대로 이어받았다면 이런 식으로 살지 않았을 텐데. 남자가 배포가 커야지. 그저 집이랑 회사만 왔다 갔다 하고 마누라한테 꽉 잡혀서는."

그 말을 듣고 엄마가 방에서 뛰쳐나오자 할아버지는 신발을 짝짝이로 꿰어 신고 문밖으로 줄행랑쳤다. 하지만 나는 할아버지의 말을 전적으로 믿었다. 할아버지가 콜라텍 위로 떠도는 일확천금의 기회를 낚아채기를 기대하면서. 그러면 내가 좋아하는 게임기를 얻게 될지도 몰랐다.

어쨌든 나는 할아버지와 무척 친했다. 할아버지는 엄마와 달리 내게 공부를 강요하지 않았고, 가끔 용돈을 쥐여 줬으며,

인생에 대해 색다르고 현실적인 조언을 해 주었다.

"여자애들을 많이 만나 봐. 다양하면 다양할수록 좋지. 여자애들과 사귀면 나중에 돌이켜 봐도 꽤 근사한 기억으로 남거든."

할아버지는 영화광이기도 했다. 내가 초등학교 고학년이었을 때, 우리는 매주 상암에 있는 시네마테크에 갔다. 그땐 아빠와 엄마가 맞벌이를 하느라 나를 돌봐 줄 사람이 할아버지밖에 없었다. 물론 지금처럼 학원 스케줄이 빽빽했지만, 할아버지는 가끔 그런 건 잊어버려야 한다고 했다.

"인생은 여러 방면에서 배울 수 있단다. 꼭 책으로만 모든 걸 배울 수 있는 건 아니야. 인생의 빛은 길모퉁이에서도, 호프집에서도, 콜라텍에서도 발견할 수 있지. 세상은 모험으로 가득 차 있단다. 요즘엔 그런 게 없어. 너도나도 돈에 목이 묶여서 헉헉대고 살아가는 꼴이라니……. 준호야, 그렇다면 우리는 어떻게 해야 할까?"

할아버지는 수수께끼를 내듯 내게 물었다.

"이렇게 학원 째고 극장에 가는 거요?"

"바로 그렇지!"

할아버지는 대견하다는 듯이 내 머리를 쓰다듬었다.

"영화란 대단한 것이야. 네 할멈과 같이 많은 영화를 봤지. 나 젊었을 적엔 영화 보는 게 생소한 일이라서 그렇게 큰 화면으로 뭘 본다는 것 자체가 꿈같은 일이었어. 극장에서 영화를 처음 봤을 때 스크린을 꽉 채운 배우들이 어찌나 환상적이던지. 소피아 로렌이 수영복을 입고 화면 가득 몸매를 자랑하는……. 그래, 이 얘기는 네가 더 큰 다음에 하자. 아마도 네 고추에 털이 더 많아져야겠지. 하여간 내 말은 스크린 위에 다양한 인생이 펼쳐진다는 거지. 우리에겐 꿈을 꿀 권리가 있거든. 꿈이 없다면 인간의 영혼은 죽었다고 할 수 있어. 그건 위정자들이나 좋아할 법한, 매우 위험한 일이란다."

시네마테크에서는 다른 극장에서는 볼 수 없는 옛날 영화들을 상영했다. 심지어 공짜였다. 우리는 1990년대에서 2000년대 할리우드 영화들을 주로 봤다. 〈파이트 클럽〉 〈동사서독〉 〈파 앤드 어웨이〉 〈제리 맥과이어〉(훌륭한 영화다) 등등. 꽤 많은 명작을 봤다. 내가 할리우드 영화에 심취하게 된 것도, 영화를 만들고 싶다는 막연한 꿈이 생긴 것도 그맘때다.

대단한 영화들이 많았지만, 그중에서도 조지 밀러 감독의 〈매드맥스: 분노의 도로〉 흑백 버전은 정말 끝내줬다. 영화가 시작되면서 온몸을 울린 진동과 전율은 엔딩 크레디트가 올라갈 때에야 비로소 멈췄다. 그런 경험은 난생처음이었다. 영화가 주는 환희와 희열에 압도되어, 120분이 넘는 시간을 롤러코스터에 탄 것처럼 꼼짝도 할 수 없었다. 할아버지는 팝콘 한 알, 콜라 한 모금 마시지 못한 내게 말했다.

"이게 진짜지."

나는 할아버지 말에 동의했다.

TRACK 13

검은 선글라스를 쓴 남자는 여전히 말이 없었다. 한 시간 가까이 나를 이곳에 앉혀 놓고서는 어떤 말도 건네지 않았다. 나 역시 지은 죄가 있어서 그런지 남자에게 말을 걸 엄두가 나지 않았다. 괜히 불안하고 겁이 나 주변을 살폈지만, 내가 갇힌 이 네모난 공간은 두려움을 없애 주기는커녕 배가시켰다.

"저기…… 언제까지 여기 있어야 하나요? 엄마한테 전화 한 통 해도 될까요?"

내가 조심스레 물었다.

그러나 남자는 대꾸하지 않았다.

말리와 나는 재개발 구역에서 이 남자들에게 끌려왔다. 그들은 우리 눈을 가린 채 차에 태웠다. 우리가 여기 끌려온 것은 아마 외계인을 도왔기 때문일 것이다. 그것이 내가 불안에 떠는 이유다. 그러나 나는 지구를 배신할 생각은 전혀 없었고, 그저 한 생명체의 자유와 권리를 위해서였다. 어쩌면 내가 우주 전쟁을 막은 것일 수도 있다. 주머니 속 휴대폰을 살짝 꺼내 봤지만 역시나 신호가 잡히지 않았다. 엄마가 걱정하고 있을 텐데…….

말리와 나는 각각 다른 곳에 갇혀 있다. 영화에서 본 바로는 이렇게 따로 가둬 놓고 심문한 다음, 진술 내용을 대조해 보고 거짓말을 한 쪽에게 전기 고문을 하거나 러시안룰렛을 시키던데……. 더 걱정스러운 건 마지막에 아리 샘이 발각되었다는 사실이다. 우리의 노력이 무색하게 아리 샘은 우주선으로 돌아가기 전에 붙잡힌 것 같았다. 젠장, 이제는 정말 거짓말도 통하지 않는다. 그저 사실대로 말하고 영화에서처럼 시켜 주는 설렁탕이나 먹고 감옥으로 갈 판이었다. 그나저나 이들이 경찰은 맞긴 한가?

이곳은 네모난 방이다. 창문 하나 없는 콘크리트 벽이 사방을 둘러싸고 있고, 내 맞은편에는 큰 거울이 달려 있다. 천장에 매달린 갓등이 나와 내 앞의 남자를 비추고 있다. 불빛이 남자의 얼굴에 진 음영을 도드라지게 해 더 무섭게 느껴졌다. 남자의 표정은 짙은 선글라스에 가려 보이지 않았다. 좁은 내부는 시간의 변화를 느낄 수 없었다. 오직 먼지만 둥둥 떠다녔다. 쌓이는 것은 나의 걱정과 두려움뿐이었다.

그때 문이 열렸다. 문틈으로 좁은 복도가 보였다. 문을 열고 들어온 사람은 흰머리 남자였다. 그가 들어오자 선글라스를 쓴 남자가 자리에서 일어나 의자를 내주었다. 흰머리 남자는 선글라스 남자에게 뭐라고 잠시 소곤거리고 의자에 앉았다. 그는 의자에 등을 기대고 배를 앞으로 내민 채 옷매무새를 고쳤다. 그러고는 선글라스 남자에게 나가 보라고 손짓했다. 영화에서 보면 이렇게 여유 있고 산만한 사람은 꼭 높은 위치에 있는 악당이었다.

숨 막히는 공간에 흰머리 남자와 나, 둘만 남았다. 흰머리 남자는 서글서글한 웃음을 지으며 나를 바라봤다. 뭔가를 씹고 있는 것 같았는데, 잠시 후 흰머리 남자가 무얼 먹는지 알 수 있었다.

"호두 좋아하나?"

흰머리 남자는 손에 쥐고 있던 호두 서너 알을 책상 위에 올려놓았다. 나는 호두를 좋아하지 않았다. 견과류 알레르기가 있어 어릴 적부터 먹지 않았다. 고개를 젓자 남자는 큭, 하고 몸을 들썩이며 짧게 웃었다.

"의사가 견과류를 먹으라고 하더군."

흰머리 남자는 책상 위에서 호두 한 알을 집었다. 두툼한 엄지와 검지 사이에서 호두가 '빠각' 소리를 내며 갈라졌다. 마치 호두가 내지르는 최후의 비명 같았다. 흰머리 남자는 손바닥에 놓인 호두 껍데기를 손끝으로 살살 밀어 바닥으로 떨어뜨린 다음 알맹이만 세심하게 골라 먹었는데, 그러는 동안에도 계속 웃으며 나를 보고 있었다. 그는 얼추 40대 중반인 것 같았다. 어쩌면 더 많을지도 모른다. 번뜩이는 눈 때문에 나이를 가늠하기 어려웠다.

"호두는 인간의 뇌처럼 생겼지, 안 그래?"

흰머리 남자의 말에 내가 고개를 끄덕였다.

"게다가 오메가3 지방산, 비타민, 칼슘, 마그네슘 등의 미네랄이 함유되어 뇌 건강에도 좋아. 그러니까 호두는 생김새나 효능이나 뇌를 위한 음식인 거지."

흰머리 남자가 다시 호두를 집어 엄지손가락으로 누르자, 호두는 비명을 지르면서 반으로 갈라졌다.

"이름이 뭐지?"

"준호요."

내가 작은 소리로 말했다.

"뭐라고? 크게 말해 봐."

"김준호입니다."

"그래, 준호. 놀랐겠지. 집에도 가고 싶을 테고. 하지만 걱정하지 않아도 돼. 네 친구도 옆방에 잘 있으니까. 우리는 네게 묻고 싶은 게 있어. 그리 대단한 건 아니야. 다만 범죄 여부와 관련이 있으니 꼭 짚고 넘어가야 하는 거지."

흰머리 남자가 말했다. 나는 알겠다고 했다. 일단 이야기를 듣고 나서 변호사를 부를지 묵비권을 행사할지 결정해야 했다.

"자, 봐 봐. 이제 내가 한 가지 가정을 해 보지. 여기 이 호두 보이지? 이게 네 머리라고 해 보자. 그리고 이걸 이렇게 쥐고서 살짝 힘을 가하는 거지. 이렇게."

흰머리 남자의 손안에서 호두가 두 동강 났다.

"그럼 이 안에 들어 있는 게 훅 하니 나오겠지? 물론 이 호두처럼 깔끔하진 않을 거야. 뇌압이 올라가면 그 안에 들어차 있는 혈관들이 터지고, 피가 역류해서 뇌 신경계와 뉴런의 활동을 마비시키고, 결국엔 뇌가 파랗게 질려서 기능을 멈추겠지."

흰머리 남자가 말했다.

나는 침을 꿀꺽 삼켰다. 이건 협박인가? 방금 전에 걱정하지 말라고 하지 않았었나?

"제…… 제가 그렇게 된다는 건가요?"

끔찍한 이야기였다. 흰머리 남자의 이야기에 나는 자제력을 잃고 살려 달라고 애원할 준비를 이미 마쳤다.

"아니, 그냥 농담이야. 하하하."

흰머리 남자가 웃었다.

그의 유머 감각에는 치명적인 결함이 있었다. 유머란 자신과 상대방이 함께 웃어야 한다. 그것이 훌륭한 유머의 기본이었고, 그 기준에서 본다면 그의 유머는 낙제점이었다. 내게는 전혀 웃기지 않은 이야기였으니까. 그러나 분위기상 따라 웃어야 할 것 같았다. 말리도 이런 일을 겪고 있을까?

"하지만……."

흰머리 남자가 입을 열었다.

"너는 이제부터 상상하겠지. 내가 분명 농담이라고 했지만 네 머릿속에서는 파랗게 질린 뇌가 둥둥 떠다닐 거야. 내 말이 거짓인지, 협박인지, 조롱인지 가늠해 볼 거야. 그런 상상을 멈추고 싶어도 뇌는 그럴 생각이 없어. 상상이란 놈은 한번 시작되면 멈출 수 없거든. 자, 이 얘기를 더 해 보자고."

흰머리 남자는 팔짱을 끼고 몸을 의자에 기댔다. 나잇살인지 배가 조금 나와 보였다.

"나이가 어떻게 되지?"

"열여섯 살입니다."

내가 대답했다.

"그래, 열여섯 살이라……. 한창 공부할 나이군. 그렇지? 공부 좀 하나?"

남자가 살짝 고개를 기울이며 장난스럽게 물었다. 나는 고개를 가로저었다. 정직한 건 나쁜 게 아니다. 남자는 나를 보며 한 번 더 웃었다.

"그럼 뇌에 관해 아는 게 있나?"

나는 흰머리 남자의 질문에 대답할 수 없었다. 과학 시간에 졸지 말걸, 하는 생각만 들었다. 흰머리 남자가 왜 이런 이상한 소리만 늘어놓고 있는지 의아했다. 뭔가 더 직접적인 질문을 할 수 있을 텐데.

"뇌는 크게 세 부분으로 나뉘지. 대뇌, 소뇌, 뇌간. 대뇌는 운동, 감각, 언어, 학습, 판단, 기억 등 우리가 인간으로 살아가는 데 필요한 기능 대부분을 담당하고, 소뇌는 대뇌를 보조해서 운동 기능을 조절하지. 우리 몸을 부드럽고 정확하게 움직이도록 하는 거야. 뇌간은 맥박과 호흡, 혈압 등 중요한 생명 유지 활동을 담당하고. 이해했나?"

나는 대충 이해했다는 뜻으로 고개를 끄덕였다. 사실 그게 뭐가 중요하겠나. 내 신경은 온통 흰머리 남자가 나를 어떻게 할 것인지에만 쏠려 있었다. 그가 말한 대로 정말 내 뇌를 파랗게 만들 작정인지 걱정될 뿐이었다.

"내가 왜 이런 이야기를 하는지 궁금할 거야. 아무튼…… 뇌는 인체에서 가장 중요한 장기라고 할 수 있지. 지금부터 네가 알아야 할 것은 이 뇌에 관련된 거야. 알겠지?"

흰머리 남자는 꼭 한 번씩 되물었다. 그는 다시 호두 하나를 으스러뜨린 뒤, 아까처럼 껍데기를 골라 바닥으로 떨어뜨렸다.

"대뇌를 조금 더 나눠 보면 전두엽이 나와. 전두엽은 기억력과 사고력에서부터 네가 말하고 움직이는 것, 표정, 감정과 기분을 컨트롤하지. 지금 네가 두려움에 떨고 있는 것도 사실 전두엽에서 명령을 내리고 있기 때문이야."

나는 아까처럼 고개를 끄덕였다.

"전두엽의 안와 전두 피질은 충동적인 감정 폭발을 제어하지. 그런데 가끔 이게 고장 난 인간들이 있어. 우리가 흔히 이야기하는 사이코패스들. 사이코패스가 뭔지는 알겠지?"

흰머리 남자가 말했다. 그는 뭐가 재밌는지 연신 웃으며 턱을 쓸었다.

"그런데 간혹 이런 사이코패스 중에 좀 더 진보된 형태의 돌연변이가 나타나지. 소시오패스와 사이코패스가 뒤섞여 버린 하이브리드. 충동적 살인 욕구를 통제하면서도 사람들의 선한 마음을 자신이 원하는 대로 조종하는 능력을 갖춘 포식자. 냉정한 이성을 바탕으로 주도면밀하게 범죄를 계획하고, 예기치 않은 사고를 치지 않으니 추적도 쉽지 않아. 이런 자들은 일반인들의 마음과 머리, 즉 뇌를 사로잡아 자기편으로 만들지. 우리가 쫓는 건 그런 위험한 자들이야."

호두가 하나 더 으깨졌다. 흰머리 남자는 호두 알갱이를 입안에 털어 넣고 몸을 내 쪽으로 쑥 내밀었다. 각진 얼굴이 코앞까지 다가왔다. 흰머리 남자의 깊게 파인 눈이 그림자 속에서 반짝였다.

"그 여자와 무슨 관계지? 나는 이해할 수가 없어. 여자가 너희를 죽이지 않은 건 너희가 그 여자의 조력자라는 소리나 마찬가지인데……. 그 여자가 이제껏 저지른 범죄를 생각하면 너희는 여자를 도왔다는 사실만으로도 엄청난 처벌을 받게 될 거야. 사람을 잔인하게 살해하고, 게다가 가죽까지 벗겨 냈어. 그 여자가 벗긴 인간 가죽을 봤나? 장기는커녕 단 한 점의 살도, 단 한 방울의 피도 없이 순수하게 가죽만 남았어. 그런 게 가능할까? 그건 보통 인간이 할 수 있는 일이 아니야. 그 여자는 괴물이라고."

흰머리 남자가 말했다.

"아리 선생님이…… 그런 사람이라고요?"

"아리? 그 여자의 가명인가? 진짜 이름은 '이민주'야. 충북 시골 출신이지. 우리는 경찰청 소속 특수 수사대 요원으로 연쇄 살인 용의자를 추적하고 있어. 그래, 네가 말한 '아리'라는 여자를 말하는 거지. 놀랍게도 그 여자는 늘 자신의 범죄 행각에 주변 사람들을 끌어들였어. 북에서 온 스파이, 국정원 직원, 재벌가의 숨겨진 자식, 무녀, 심지어 대통령의 딸까지 다양한 신분으로 위장해 사람들의 환심을 사고 제 목적을 이루기 위해 그들을 이용했지."

흰머리 남자가 다시 몸을 뒤로 기댔다. 그 말을 듣고 혼란스러워서 사방을 한 번 둘러봤다. 천장에 달린 CCTV가 나를 향하고 있었다. 맞은편의 커다란 거울 너머에서는 다른 사람들이 내 모습을 지켜보고 있을지 모른다.

"그, 그럴 리 없어요."

내가 떨리는 목소리로 말했다.

"우린 너희가 그 여자에게 이용당했다는 것도 다 알고 있어. 벌써 수많은 증거와 증인, 자료를 확보했거든."

"그럼 정말로 아리 선생님이 우리 동네에서 벌어진 살인 사건의 진범이라는 말씀이세요?"

나는 아리 샘의 크고 아름다운 눈동자를 떠올렸다. 에마 스톤을 연상케 하는 얼굴과, 그녀의 눈 속에 반짝이던 수많은 별과 우주를 떠올렸다.

"그래. 어떻게 보면 그 여자도 이런 과도한 경쟁 사회의 희생양일 수 있지. 알잖아, 현대인은 모두 스트레스를 받고 있고, 이제는 정신 병력이 그리 대단한 것도 아니야. 하지만 그렇다고 해서 이런 중범죄를 선천적 결함이나 환경, 혹은 후천적 요인 때문이라고 치부할 수는 없단 말이지. 너무 위험하거든."

흰머리 남자가 말했다.

"아니에요. 선생님은 외계인이에요. 도메인이라는 곳에서 지구를 조사하려고……."

"흠, 이번엔 외계인이었군. 그래, 너에게 지구가 자기들 소유라고 하지 않았나? 로즈웰 이야기도 했겠지? 외계인과 인터뷰

했다고 주장하는 마틸다라는 간호 장교 이야기를 각색한 모양이군. 그런 이야기는 인터넷에 뒤져 보면 수도 없이 나올 거야."

흰머리 남자가 내 말을 자르고 말했다.

또다시 충격을 받은 나는 입을 다물 수밖에 없었다. 그렇다면 이 아저씨가 말한 것처럼 아리 샘은 외계인이 아니라 사이코패스와 소시오패스가 결합한 하이브리드 살인마란 말인가? 그 가냘픈 몸과 아름다운 얼굴을 하고 사람을 죽인단 말이야? 전두엽인지 뭔지가 고장 나서? 저 말이 진짜라면 오늘 밤 말리와 나는 아리 샘에게 살해당할 수도 있었다는 이야기다.

지금이 몇 시인지 알고 싶었다. 이 짧은 시간 동안 도대체 몇 가지 사건이 뒤섞이고 바뀌는지……. 이제 뭐가 진실이고 뭐가 거짓말인지 알 수 없었다. 내가 갇힌 이 네모난 공간이 점점 더 나를 향해 조여드는 기분이었다. 그저 집에 돌아가서 커다란 빈백에 누워 푹 쉬고 싶었다.

"그럼 저희는 어떻게 되는 건가요?"

내가 물었다.

드러난 사실만 따지면 우리는 희대의 연쇄 살인마의 조력자인 셈이다. 우리는 속아 넘어갔을 뿐 아무 잘못이 없었지만, 판사님까지 그렇게 생각할지는 모를 일이었다.

"어떻게 되긴 뭐가 어떻게 돼?"

흰머리 남자가 콧방귀를 뀌며 말했다.

"네?"

"너희는 조사가 끝나면 바로 귀가 조치야. 설마 우리가 너희를 공범으로 잡아가기라도 할 줄 알았나? 물론 혐의점이 없는 건 아니지. 그 여자의 도주를 도왔으니. 하지만 아까 말했다시피 우리한테는 그 여자의 범죄 기록과 증거, 증인이 있다고 했잖아. 딱 봐도 너희는 그냥 이용해 먹기 좋은 애들이지. 방금은 겁을 좀 준 것뿐이야. 뇌라는 녀석은 그렇게 작동한다니까. 충고하는데, 매혹적인 이성을 조심하라고. 다시는 이런 일에 엮이지 말라고 교훈을 준 거야."

"아……."

입에서 바람 빠지는 소리가 새어 나왔다. 안도감과 함께 살짝 자존심이 상했다. 흰머리 남자가 나를 갖고 놀았다는 생각이 들어서였다.

"이 서류나 작성해. 인적 사항과 사건 경위, 그러니까 오늘 밤 왜 거기에 갔는지, 그 여자가 너희를 어떤 거짓말로 속였는지 등을 적어. 그다음엔……. 뭐, 설렁탕이나 한 그릇 먹고 집으로 가는 거지."

나는 비로소 제대로 된 상황을 파악할 수 있었다. 동시에 이제 어떤 범죄에도 연루되지 않았다는 기쁨이 밀려오면서 오늘 밤 온전히 목숨을 부지했다는 안도의 한숨이 나왔다.

"사람이란 참 이상해. 너무나 뻔한 일을 놓고도 약간의 가정만으로 쉽사리 동화되거든. 누가 봐도 살인마가 명백한데 잠깐 대화했다고 완벽하게 속아 버리니 말이야. 그건 우리 의지와 상관없이 벌어지는 일이야. 몸이 거부해도 이 뇌라는 녀석이 명령하면 그렇게 된다니까. 외계인? 흥, 그것도 신비라면 신비겠지. 모두 조그만 뇌 안에서 벌어지는……. 나는 의사 말대로 호두를 먹고, 그 여자는 전두엽이 고장 나고, 너의 뇌는 그녀를 외계인이라고 믿는 거. 융의 동시성 안에서 말이야. 안 그래?”

흰머리 남자가 웃으며 마지막 호두를 쪼갰다.

TRACK 14

흰머리 남자가 내게 작성하라고 한 서류에는 꽤 많은 항목이 있었다. 나는 그것을 다 읽어 볼 엄두가 나지 않아 그저 한 장 한 장 넘기면서 서명을 했다. 페이지마다 무슨 다짐을 받듯 서명란이 있었다. 마지막 장에 오늘 날짜를 적고 서명한 다음 흰머리 남자에게 넘겼다. 흰머리 남자는 그것을 대충 넘겨 보곤 책상 위로 탁 소리 나게 던졌다. 별거 아니라는 투로.

"좋아. 이로써 너와 네 친구는 이 사건과 무관해졌군. 하지만 나중에 관련 사항으로 증언해야 할지도 모르니까 그건 알아 두라고. 그 여자의 범죄를 입증할 때 필요하니까. 수사는 계속될 거야. 물론 우리 생각처럼 너희가 단순히 이용당한 거라면 큰 문제는 없어."

흰머리 남자는 의자에서 몸을 일으켰다. 남자가 육중한 몸을 일으키자 의자에서 삐걱대는 소리가 났다. 그는 문 앞에서 돌아섰다.

"재미있는 경험이었지? 오늘 밤 말이야. 하지만 항상 기억하라고. 눈에 보이는 게 다가 아니라는 사실을……. 젊다는 건 아직 기회가 있다는 거야. 배워야 할 것도 많다는 거고. 뭐, 그래도 살았으면 된 거지. 죽음의 문턱에서 살아 돌아온 걸 축하한다."

흰머리 남자의 말에 나는 고개를 꾸벅 숙였다.

남자는 문을 열고 나갔다. 나는 자리에서 일어나 문 쪽으로 다가갔다. 혹시나 싶어 손잡이를 돌려 봤지만 역시 잠겨 있었다. 방 안을 한 바퀴 돌아봤다. 반질거리는 콘크리트 벽은 소음이 새어 나갈 틈조차 없어 보였다. 감옥도 이런 느낌일까? 이런 곳에 갇혀 있으면 심리적 압박감에 없는 죄도 실토하고 말 것 같았다.

어쨌든 말리와 나는 이 동네에서 벌어진 잔혹한 연쇄 살인과 무관하다는 사실이 증명됐다. 무섭고도 다행스러운 일이다. 아리 샘의 예쁘장한 외모와 다정한 목소리에 눈이 멀어 외계인이라는 황당한 거짓말에 깜빡 속아 넘어가다니…….

돌이켜 보면 오늘 밤 벌어진 일들은 정말 말도 안 되는 일의 연속이었다. 흰머리 남자의 말처럼 우리의 뇌는 단순하기 짝이 없는지도 모른다. 불가사의한 의문도 그걸 연결하는 몇 가지 정황만으로 쉽게 믿어 버리다니. 마술사의 모자에서 비둘기가 나온다고 믿는 것처럼 말이다. 아직 우리가 세상의 때를 덜 타서인지도 모르겠다. 하지만 가슴 한편으로는 아리 샘이 진짜 사이코 살인마라는 사실이 슬펐다. 머리로는 이해해도 가슴이 먹먹해지는 것은 막을 수 없었다. 음, 이게 가스라이팅이라는 건가? 여전히 뭐가 뭔지 헷갈렸다.

나는 벽에 붙은 거울을 바라봤다. 첩보 영화처럼 와이셔츠를 팔뚝까지 걷어붙인 수많은 요원들이 나를 관찰하고 있다고 상상해 봤다. 그러나 그런 상상도 잠시, 나는 원래 앉아 있던 철제 의자로 돌아갔다. 멍하니 앉아 있는데 출입문 손잡이가 돌아가더니 문이 삐걱거리며 열렸다. 거기 나타난 것은 말리였다. 말리는 잔뜩 긴장해서 어깨를 구부정하게 움츠린 채 방 안으로 들어왔다.

"안녕."

말리가 소심하게 손을 흔들며 말했다.

"어."

내가 말했다.

말리는 쭈뼛쭈뼛 걸어와 내 맞은편에 놓인 의자에 앉았다. 우리는 잠시 서로를 쳐다보며 침묵했다. 말리도 전말을 들었을 것이다. 아마 나와 똑같은 서류에 서명하고 안도의 한숨을 쉬었겠지.

"브로, 얘기 들었지?"

"아리 샘 얘기 말이지?"

내 말에 말리가 고개를 끄덕였다.

"정말 오늘 밤은 기억에서 잊히지 않을 거야. 넌 믿을 수 있어? 아리 샘이 그런 사람이었다는 걸?"

나는 천장을 올려다보며 말했다. 전구 갓이 불빛을 가려 천장은 캄캄했다. 말리에게 묻고 보니 바보 같은 질문이라는 생각이 들었다. 말리는 아리 샘을 본 게 오늘 밤이 처음이다. 아리 샘과 함께한 시간은 온전히 나만의 것이었다.

말리는 두 손으로 머리를 쓸어 올렸다. 녀석도 적잖이 당황했을 게 분명했다. 흰머리 남자의 말대로 우리는 죽음을 바로 코앞에 두고 다시 살아난 것이다.

"크레이지 나이트야. 그 여자가 진짜 사이코 연쇄 살인마였다니. 왜 그런 말 있잖아. 장미에는 가시가 있다. 딱 어울리는 말 아니냐? 그래도 뭐, 엄청난 경험이었어. 친구들한테 말하면 놀라 자빠질 거야, 유남생? 혹시 알아? 우리 얼굴이 언론에 공개될지. 쉣! 연쇄 살인범 검거 일등 공신, 이렇게. 아니면 죽음에서 살아 돌아온 래퍼. 일단 인터뷰를 하고 자서전을 써야지. 싱글 앨범도 내고, 영화사에 판권도 팔고, 굿즈도 만들어 파는 거야. 틱톡 같은 데다 우리 영상도 올리고. 유남생?"

말리는 저 혼자 떠들다 기분이 점점 업되더니 이야기가 끝날 때는 싱글벙글 웃고 있었다.

"퍽이나. 지금 그런 소리가 나오냐?"

심란한 기분에 말리에게 쏘아붙였다.

엄마가 이 사실을 알면 얼마나 잔소리할지 걱정됐다. 싱숭생숭한 내 속도 모르고 떠벌거리는 말리가 아니꼬웠다.

"왓 더! 브로는 이 상황이 반갑지 않나 봐?"

"뭐가 신나서 그렇게 웃고 자빠졌냐. 이게 다 잘된 일 같아 보여?"

"호! 그럼, 신나는 일이지. 일단 첫 번째로 우리가 살았다는 거. 욕조에 잠긴 채 핏물을 뒤집어쓰지 않았지. 두 번째, 전국적으로 유명한 범죄자와 연루되었다는 거. 학교에 가면 애들이 우릴 어떻게 보겠어? 스웩 넘치는 거지, 브로. 그런데 딱 보니까 브로는 아리 샘이 살인마라는 사실에 크게 상심한 거 같은데?"

말리가 말했다.

나는 아무 대꾸 없이 정면을 응시했다. 나도 내 마음을 정확히 알 수 없었다.

"그 말인즉슨 브로는 아리 샘이 정말 외계인이길 바랐던 거 같군. 라잇? 하지만 그건 멍청한 생각이야. 그렇게 속여 먹기 쉬우니까 시리얼 킬러가 우리를 갖고 논 거라고. 정신 차려, 브로."

말리는 흰머리 남자가 그랬던 것처럼 팔짱을 끼고 몸을 뒤로 젖혔다. 복잡한 감정이 소용돌이치며 가슴 위까지 솟구쳐 올라왔다.

"네 쪼다 같은 조언만 아니었다면 오늘 밤 이 난리는 일어나지 않았겠지. 그런데도 뭐가 좋다고 낄낄대고 있을까."

내 말을 들은 말리의 표정이 굳었다. 내가 말하고도 조금 선을 넘은 느낌이었다.

말리는 웬만해선 화를 내지 않는다. 나와 달리 현실에서 스트레스를 받는 타입이 아니었다. 공부도, 미래의 비전도, 낙관이라는 꽃길 위를 걷는 녀석이었다. 나는 녀석의 그런 점이 좋아서 유치원 때부터 가장 친한 친구로 지냈다.

"쉣! 지금 모든 책임을 나한테 돌리는 거?"

"그래. 네가 아리 샘에게 고백하라고 입방정 떨지만 않았어도, 그래서 오늘 밤 아리 샘을 따라나서지만 않았어도 이런 일은 없었겠지."

내가 주먹으로 책상을 내리치며 말했다. 서류를 작성할 때 썼던 볼펜이 바닥으로 굴러떨어졌다.

"브로, 뭐 때문에 열받았는지 모르겠지만 아주 실망이야. 평소 브로 모습이 아니잖아. 나를 봐. 난 언제나 쿨하다고. 넌 흥분을 잘해. 그런 성격은 언젠가 자신을 망친다고. 우리는 때로 거지 같아도 상처를 바로 봐야 한다고, 유남생?"

"유남생은 뭐가 유남생이야? 네가 무슨 재미 교포라도 되는 줄 아나 본데, 넌 어릴 때부터 나랑 한동네 살던 녀석이야. 전에도 말했던 거지만 한글도 늦게 뗀 놈이 왜 혀 꼬부라진 소리를 해. 그리고 그 말리라는 이름 '밥 말리'에서 따온 거잖아. 랩하겠다는 놈이 왜 레게 뮤지션 이름을 갖다 쓰는 건데."

내가 말리를 쏘아보며 말했다. 왜 이런 말들이 입 밖으로 나오는지 알 수 없었다. 멈춰야 한다고 생각하면 할수록 걷잡을 수 없었다. 엄마와 다툴 때처럼 우울한 기분이 들었다.

"왓! 진짜 보자 보자 하니까 너무하네."

말리가 얼굴을 붉히며 화를 냈다. 그건 내가 내 곁의 가장 넉살 좋은 인간을 도발했다는 뜻이었다.

"그리고 네가 무슨 래퍼라도 되는 듯이 스웩이 어쩌고 렛츠기릿 어쩌고 좀 하지 마. 네가 랩을 하는 것도 가사를 쓰는 것도 한 번도 본 적이 없으니까. 너 유남생 스펠링 쓸 수 있어? 그저 있는 척하고 싶을 뿐이잖아."

내 말에 말리가 의자에서 몸을 일으켰다. 목과 등을 빳빳이 세운 채 눈을 크게 뜨고 나를 노려봤다.

"뎀! 진짜 말을 엿같이 하네. 내가 가사를 쓰는지 안 쓰는지 네가 봤어? 난 가사 쓸 때 혼자 있어야 해. 영감이 떠올라야 한다고. 집에 가면 내가 쓴 라임 노트가 세 권은 있어. 그리고 내가 래퍼가 되든 말든 브로한테 피해 준 거 있어? 막말로 영화감독 되겠다는 놈이 남들에게 들려줄 시나리오 하나 없다는 게 더 이상하지 않아? 브로도 폼 잡고 싶었던 거 아니야. 영화 감독 되겠다고 하면 남들이 와, 하고 봐 주는 게 좋았지? 나 말고 브로를 보라고. 진짜 한심한 건 내가 아니니까."

말리는 리듬을 타듯 머리를 흔들며 이야기했다. 녀석의 거대한 츄파춥스 머리통이 달랑거렸다.

젠장, 난 오늘 밤 사랑도 잃고 우정도 잃게 생겼다. 내가 왜 말리에게 그런 말을 했는지 조금 후회스러웠다. 내 주변에서 벌어지는 어이없는 일에 억울한 기분이 들었는지도 모르겠다. 연쇄 살인마에게서 벗어난 것만으로도 감사해야 했지만 내 마음은 편치도 즐겁지도 않았다.

우리는 서로에게서 고개를 돌린 채 씩씩거리며 앉아 있었다. 그렇게 시간이 조금 지나자 배가 고팠다. 곧 꼬르륵거리는 요란한 소리가 배에서 울렸고, 우리는 그 소리를 기점으로 잔뜩 긴장한 어깨에서 힘을 뺄 수 있었다. 이 좁고 네모난 공간이 우리의 마음마저 작고 각지게 만드는 것 같았다. 나는 말리에게 사과하고 싶었다. 이런 분위기를 견디는 건 고역이다.

"그냥 기분이 좀 그래."

내가 말했다. 물론 말리는 나를 쳐다보지 않았다.

"나도."

잠시 뒤에 말리가 대꾸했다.

"뭔가 뻔한 미래가 싫었어. 예언 같은 게 아니라 그냥 남은 인생이 어떻게 굴러갈지 너무 뻔히 보이는 거야. 이렇게 지겹게 공부하고, 학원에 가고, 대학에 가서 내가 뭘 하는지도 모른 채 기계적으로 생활하는 거. 색다르고 재밌는 일이나 가슴 뛰는 모험이 기다리고 있을 거라는 기대 없이 어제도 오늘도 내일도 다 똑같이 사는 거. 남은 인생이 어떻게 흘러갈지 알 것 같은 기분이야. 그래서 더 답답하고 지겹고 따분해. 이런 인생에서 뭔가 잘난 척할 게 필요했나 봐. 난 다른 사람들과 다르다. 신도림역에서 두 발이 둥둥 뜬 채로 출근하지 않겠다. 그러면 좀 있어 보이지 않을까, 그렇게 나 자신을 꾸미면 인생이 좀 재밌어지지 않을까, 했던 거 같아."

내가 바닥을 내려다보며 말했다. 신기하게도 막연했던 생각을 말로 꺼내 놓으니 정리되는 느낌이 들었다. 나도 알지 못했던 뭔가를 지금 이 자리에서 어렴풋이 깨달았다.

"브로, 나도 그 느낌 뭔지 알 것 같아."

말리가 말했다.

고개를 들고 말리를 봤더니 놀랍게도 녀석의 눈가가 촉촉하게 젖어 있었다. 어쩌면 말리도 나와 같은 심정일지 몰랐다. 현실의 벽 앞에서 헤매고 있기에 무엇에든 의지하고 싶은 마음. 우리는 우리 나이에 걸맞은 고민과 방황을 공유하고 있었던 것이다. 말리와 나는 분위기에 취해 서로 부둥켜안았다. 지루한 일상을 바꿔 줄 가슴 뛰는 모험과 환상, 이상형의 여인이 눈앞에서 사라져 버린 상실감을 어루만져야 했다.

"말리야, 아까 심하게 말해서 미안해."

"브로, 이해해. 마이 맨."

우리는 약 3초쯤 부둥켜안았다가 다시 자리에 앉았다. 배에서 꼬르륵 소리가 더 크게 들렸다. 아까 흰머리 남자가 나가면서 설렁탕 어쩌고 한 것 같은데……. 그게 설렁탕을 시켜 주겠다는 건지 아니면 비유를 든 건지 헷갈렸다. 나는 전자이기를 바랐다. 왜냐하면 집을 나온 지 시간이 꽤 흘렀고, 고등학생은 항상 배가 고프니까.

"배고프지 않냐?"

내가 말리에게 물었다.

"어. 배고파, 브로."

"아까 우리한테 뭐 밥 같은 거 준다는 얘기 안 했어?"

말리는 금시초문이라는 듯 고개를 저었다. 흰머리 남자가 한 말은 비유인 듯했다. 그럼 어서 집에라도 보내 줬으면 싶었다. 엄마 아빠가 걱정할 게 눈에 훤히 보였다. 등짝 한 대 맞고 시작하겠지만, 그래도 밥은 주겠지.

호랑이도 제 말 하면 온다더니 닫힌 문에서 작은 소리가 한 번 울렸다. 하지만 그건 노크가 아니었다. 노크는 적어도 두세 번은 울리기 때문이다. 우리가 환청이라도 들은 것처럼 문 너머는 쥐 죽은 듯이 조용하다가, 5초쯤 뒤에 '쾅' 하는 소리가 들렸다. 심상치 않은 소리였다. 그건 단연코 노크가 아니었다. 말리와 나는 이게 또 무슨 일인가 싶어 침을 꿀꺽 삼키고 문을 주시했다. 흰머리 남자가 다시 온 걸까? 설마 우리가 또 다른 죄를 지은 건 아니겠지?

불안에 떠는 우리를 무시하고 출입문이 움직였다. 아주 조금씩, 천천히.

TRACK 15

마침내 문이 열리고 등장한 것은 선글라스를 쓴 남자였다. 우리는 놀란 가슴을 쓸어내리며 남자를 봤다. 문에 박았는지 남자의 이마가 벌겋게 부어 있었다. 그래, 밤중에 폼 잡는다고 선글라스를 쓰면 저렇게 되는 거지. 그런데 선글라스 남자가 몸을 움직이는 모양새가 상당히 부자연스러웠다. 그는 마치 피사의 사탑처럼 옆으로 기울어지더니 결국 바닥에 고꾸라졌다. 풀썩, 소리를 내며 바닥에 자빠진 남자보다 더 놀라운 건 쓰러진 남자 뒤에 서 있는 사람이었다.

"아…… 아리 샘?"

내가 외쳤다. 쓰러진 남자 뒤로 나타난 건 사이코패스와 소시

오페스가 뒤섞인 하이브리드 살인마, 바로 아리 샘이었다. 땀에 젖어 번들거리는 아리 샘의 얼굴은 초췌하기 그지없었다.

"뎀! 이게 무슨 일이야?"

말리가 내 쪽으로 다가오며 소리쳤다.

우리는 갑작스러운 아리 샘의 등장에 또다시 혼돈에 빠졌다. 잠시 아무 말도 못 한 채 이 상황을 이해하려 애썼다. 설마 한번 노린 목표는 끝까지 추격하는 집요한 살인마는 아니겠지? 여기가 어디란 말인가. 경찰서 아닌가! 그럼 경찰은 어디 있지? 아, 저기 아리 샘 발밑에 쓰러져 있군.

삼엄한 경비를 뚫고 눈앞에 서 있는 아리 샘을 보자 욕이 입 밖으로 나오려는 걸 간신히 참았다. 예의를 차리기 위해서가 아니라 목숨을 부지하기 위해서였다. 눈앞에 살인마가 나타나면 살아남기 위한 방법을 뭐든 동원해야 한다. 곰을 맞닥뜨리면 죽은 척이라도 해야 하는 것과 같다. 혹시 아리 샘은 우리를 원망하는 걸까? 왜 저기 서서 한마디도 안 하는 걸까?

"얘들아, 여기서 나가야 해."

드디어 아리 샘이 입을 열었다.

나 역시 그렇게 생각했지만, 이런 식으로는 아니었다. 이렇게 사라지면 우리는 범죄의 공모자가 되고 만다. 말리 녀석은 다리를 바들바들 떨고 있었다.

"서, 선생님. 어떻게 된 일이에요?"

방 안으로 성큼 들어온 아리 샘을 향해 입을 열었다. 아리 샘은 내부를 둘러보고 벽에 붙어 있는 거울 쪽으로 걸어갔다. 그러고는 거울에 얼굴을 바싹 붙여 그 뒤에 뭐가 있는지 관찰하려는 듯 유심히 살폈다. 우리는 아리 샘이 걸음을 옮길 때마다 그 반대편으로 게걸음 치며 일정한 간격을 유지하려고 애썼다. 2인 3각 게임처럼 말리와 나는 한 몸이 되어 아리 샘에게서 멀어졌다.

"지금 이러고 있을 때가 아니야. 여길 벗어나야 해."

"하지만 여기는 경찰서예요. 경찰에게서 도망가는 건 아무래도……."

내가 말했다.

"여기는 경찰서가 아니야. 저 사람들 역시 경찰이 아니고."

아리 샘이 뒤돌아서며 말했다. 아리 샘이 어떤 사람인지 실컷 들었는데도 저 말에 귀 기울이는 내가 한심했다. 그러나 다시 생각해 보니 선글라스 남자나 흰머리 남자가 경찰 같아 보이진 않았다. 우선 제복을 입지 않았고, 친절하지도 않았으며, 설렁탕도 시켜 주지 않았다.

"아리 샘은 범죄를 저질렀어요. 어떻게 탈출했는지 모르겠지만 우리는 더는 한패가 될 수 없다고요."

내가 말하자 말리가 고개를 끄덕였다.

"준호 말이 맞아요. 아리 샘은 하이브리드 시리얼 킬러잖아요, 뎀!"

"얘들아, 진정해. 무슨 소리를 들었는지 모르겠지만 난 살인마가 아니야. 여기 이대로 있다간 너희는 평생 밖으로 나갈 수 없어."

아리 샘이 말했다.

"네? 그건 또 무슨 소리예요? 평생 밖으로 나갈 수 없다니요? 우리가 왜……?"

뻔한 거짓말이겠지만 이유가 궁금했다.

"너희 무슨 서류에 서명했지? 그건 외계인에 관한 기밀 서류야. 거기에 서명하면 국가 정보 기관에 갇혀 지낼 수 있어. 예전에 로즈웰에서도 그런 일이 있었어."

아까 내가 서명한 서류가 떠올랐다. 거기에 그런 내용이 있었단 말이야? 로즈웰은 또 뭔가. 아까부터 너도나도 그 이름을 불러 댔다. 제대로 읽어 보지도 않고 서명한 게 후회됐다. 그러니까 거기에 열여섯 고등학생의 인생을 좌지우지할 수 있는 무시무시한 내용이 담겨 있단 말인가? 게다가 그 지랄 맞은 서류에 우리가 동의했고? 그럼 아리 샘은 뭐지? 또다시 혼란이 찾아왔다.

"왓 더! 그럼 아리 샘이 진짜 외계인이란 말이에요?"

말리가 내 뒤에서 소리쳤다. 아리 샘은 조용히 고개를 끄덕였다.

"그 말을 어떻게 믿어요? 안 그래, 브로?"

맞는 말이다. 오늘 밤 우리는 서커스단 곰처럼 이리 치이고 저리 치였다. 분명 어느 한쪽에게는 속고 있는 셈이다. 말리의 말에 잠시 망설이던 아리 샘은 머리 뒤쪽으로 손을 가져갔다.

그리고 믿을 수 없는 일이 벌어졌다. 아리 샘의 뒤통수에서부터 가죽이 스르륵 흘러내렸다. 흡사 곤충이 허물을 벗듯 그 모습이 바뀌었다. 말리와 나는 오뉴월에 벼락 맞은 사람처럼 소리 질렀다. 미리 약간의 경고라도 해 줬다면 덜 놀랐을 텐데. 아니, 과연 그랬을까? 다시 생각해 보니 뭘 어떻게 해도 우리는 까무러치게 놀랐을 것이다.

가죽이 목덜미까지 벗겨지자 얼굴의 반을 차지할 만큼 커다랗고 검은 눈에 회색 피부를 가진 이름 모를 생명체가 드러났다. 그 모습을 보자마자 말리와 나는 중성화 수술을 당하는 고양이처럼 겁에 질려 구석에 웅크린 채 알 수 없는 방언을 내뱉었다. 젠장, 도대체 몇 번의 반전이 있는 건지 모르겠지만 지금 내 눈앞에 펼쳐진 광경은 거짓이 아니었다. 아리 샘은 정말로 외계인이었다. 이제 더는 믿고 말고 할 이유도 없었다.

나는 흰머리 남자에게 속았다는 걸 깨달았다. 왜 그 아저씨는 뇌가 어쩌고저쩌고 들먹이며 우리를 속이려고 했을까? 아리 샘은 피부 가죽을 두 손으로 주섬주섬 잡아당겨 다시 뒤집어쓰고 인간의 모습으로 돌아왔다.

"브로. 이, 이건 정말 충격적이다. 우리가 외계인의 실체를 보게 되다니. 유남생?"

말리는 여전히 내 뒤에 숨어 떨고 있었다.

"지, 진짜였네요?"

아리 샘이 고개를 끄덕였다. 예쁘고 상냥한 얼굴이었지만, 저 피부 아래에 있는 외계 생명체의 모습이 머릿속을 떠나지 않았다. 묘한 기분이었다. 나쁜 것과 기쁜 것, 실망과 설렘이 혼재된 이상야릇한 기분.

"지금 이러고 있을 때가 아니야. 나를 잡아 가둔 사람들이 내가 탈출했다는 걸 곧 알아챌 거야. 그럼 모든 게 끝장이야."

"아리 샘 혼자 탈출할 수도 있었잖아요? 굳이 우리를……."

나는 끝까지 말을 잇지 못했다.

"나 혼자 갈 수도 있었지. 하지만 내가 떠나고 나면 너희가 위험해질 수 있어. 그래서 함께 탈출하려고 하는 거야."

아리 샘이 뺨을 매만지며 말했다. 얼굴 가죽이 제대로 자리 잡았는지 확인하는 것 같았다.

"나는 준호 네가 마음에 들어. 네 친구 MC 말리도 마찬가지고. 나를 보고 효녀라고 한 게 무슨 뜻인지 몰랐지만, 그 의미를 알고 나니 고마웠어. 소를 사 주겠다고 말해 줘서 고맙고, 재개발 구역에서 나를 도와준 것도 고마워. 지구에 와서 처음 느껴 보는 감정이야. 이건 너희 언어로 우정에 가까울까? 나는 우리가 친구라고 정의했으니까, 어쩌면 위험하고 바보 같은 짓일지도 모르겠지만 너희를 여기서 구해 낼 거야."

아리 샘이 말했다.

아리라는 이름은 본명이 아닐 것이다. 그녀는 외계인이니까. 하지만 그녀의 사고방식과 말투와 행동은 영락없는 지구인이었다. 아리 샘은 지구에서 생활하다 보니 지구인과 동화됐기 때문이라고 했다. 특히 드라마를 보고 많이 배웠다고 했는데, 그렇다 해도 불가사의한 일이었다.

"나는 너희를 좋아해."

아리 샘이 내 눈을 들여다보며 말했다.

순간 가슴이 두방망이질 쳤다. 정신 차려, 준호! 저 여자는 인간의 가죽을 뒤집어쓴 회색 피부에 커다란 눈을 가진 외계인일 뿐이야. 겉모습에 속아 넘어가선 안 돼……라고 생각은 했지만 나는 사실과 개인적 감정의 간극을 인식하는 데 실패했다. 내게 아리 샘은 선한 여인의 모습으로 보일 뿐이었다.

그때, 길고 날카로운 비상벨 소리가 울렸다. 문 너머로 보이는 복도에서는 붉은빛이 빠르게 점멸하고 있었다. 온 사방이 붉게 물들자 정말이지 큰일 났다는 생각이 들었다.

"여기서 도망쳐야 해. 더는 지체할 시간이 없어."

아리 샘이 외쳤다.

"아리 샘 말이 맞아. 우리 여기서 도망쳐야 해. 평생 정부 기관의 감시 속에 살 수 없잖아. 컴 온, 브로!"

말리가 외쳤다.

우리는 출입문으로 달려 나갔다. 시끄러운 비상벨 소리는 우리에게 이곳을 쉽게 빠져나갈 수 없을 거라고 말하는 듯했다.

"아리 샘, 어떡하죠?"

비상벨 소리 때문에 목소리가 커졌다.

"이쪽으로 와. 아까 건물 내부 구조를 파악해 뒀어."

말리와 나는 앞장서서 뛰어가는 아리 샘을 새끼 오리처럼 뒤쫓았다. 길게 이어진 복도에는 문이 빼곡하게 나 있었다. 언뜻 보기에도 수십 개는 될 것 같았다. 우리 말고도 세상에 겁줄 사람이 많은 모양이었다. 아리 샘은 내부 구조를 완벽하게 파악한 듯 거침없이 복도를 내달렸다.

그렇게 비상벨 소리와 붉은빛 속에서 정신없이 달리는데, 수많은 문 중 하나가 벌컥 열리더니 한 남자가 고개를 내밀었다. 그는 어리둥절한 얼굴로 복도를 살피다 우리를 발견하곤 무어라 소리치려 했다. 그러나 그 전에 아리 샘이 먼저 프로레슬링 기술인 쇼트 암 래리어트로 남자의 목에 팔을 걸고 점프를 했다. 남자의 몸이 땅바닥에 그대로 나뒹굴었다.

이런 상황이 아니었다면 박수라도 치고 싶은 심정이었다. 기술 점수에 예술 가산점을 주겠다. 보통 사람이라면 상상도 못 할 일이었지만, 아리 샘이 하니 당연한 일 같았다. 외계인은 보통 사람보다 여러 가지 면에서 뛰어날 테니까.

우리는 기절한 남자를 뛰어넘어 계속 달렸다.

"여기로, 어서!"

아리 샘이 손짓했다. 그곳엔 철제 출입문이 있었다. 우리는 생각할 틈도 없이 그쪽으로 나갔다. 문은 비상계단으로 이어져 있었다. 우리는 아리 샘이 이끄는 대로 위층으로 올라갔다.

"아리 샘, 여기로 가면 뭐가 나오나요?"

내가 숨을 헐떡이며 물었다.

"여긴 준호네 동네 산자락에 있는 K 융합 정보 연합 기지야. 이름은 그럴듯하지만 외계인을 감시하고 추적하기 위해 수십 년 전에 세운 시설이지. 지금 우리는 지하 5층에 있는데, 지하 3층으로 올라가면 주차장이 나올 거야. 거기서 차를 타고 우주선이 있는 곳까지 가야 해."

아리 샘이 세 계단씩 한꺼번에 오르며 말했다.

"그럼 아까 우리가 있던 재개발 구역으로 돌아가야 하는 거네요? 댓츠 라잇?"

말리의 물음에 아리 샘은 그렇다고 했다. 하지만 이게 과연 최선의 방법일까? 이렇게 쉽게 여기를 벗어날 수 있을까? 아무리 대한민국 특수 요원들이 허당이라 해도 이대로 외계인을 생포할 기회를 놓칠 것 같진 않았다.

그때, 내 걱정대로 다수의 발소리가 울려 퍼졌다. 검은 곤봉을 든 덩치 좋은 남자 셋이 계단 위에서 내려오고 있었다. 그들은 자신만만하게 아리 샘을 향해 곤봉을 휘둘렀지만, 그녀의 주먹과 발길질에 순식간에 나가떨어졌다. 그 광경을 보며 역시 심플한 게 최고구나! 싶었다. 아리 샘의 격투 실력이면 정면 돌파도 충분히 가능해 보였다.

"요, 티처. 저 사람들 왜 총은 안 쓰는 걸까요? 곤봉 같은 걸로는 아리 샘을 잡을 수 없을 것 같은데, 유남생?"

지하 4층을 지날 때 말리가 물었다.

"바보냐. 그러다가 아리 샘이 다치기라도 해 봐. 그럼 그 책임을 누가 질 거야?"

공무원들은 대개 책임질 일을 만들고 싶어 하지 않는다던 사촌 누나의 말이 떠올랐다. 애석하게도 사촌 누나는 몇 년째 임용 고시만 준비 중이었다.

우리는 금세 지하 3층에 다다랐다. 문을 열고 나가자 주차장이 나왔다.

"와, 꼭 대형 마트 주차장만큼 넓잖아."

내가 외쳤다.

널찍한 주차장에는 차가 빽빽이 들어차 있었는데, 전부 똑같은 모델이었다. 차체가 크고 육중해 보였다. 차에 관심이 없는 나와 달리, 말리는 차를 보자마자 캐딜락 엘리베이터인가 뭔가라고 소리쳤다. 말리가 흥분해서 떠드는 걸 보니 꽤 좋은 차인 것 같았다. 외계인을 쫓는다는 명목 아래 우리의 세금이 살살 녹아나고 있는 것이다. 하지만 이 판국에 좋은 차든 아니든 무슨 상관인가. 굴러가기만 하면 된다.

"브로! 이건 래퍼들이 정말 좋아하는 차야. V8 엔진의 야수라고. 물론 기름도 짱 많이 먹어. 나도 언젠가 이런 차를 꼭 사고 말 거야."

그렇기 때문에 래퍼로 성공하기 전까지는 탈 수 없다고, 면허가 없는 말리가 말했다.

V8이라는 단어를 들으니 갑자기 〈매드맥스〉가 떠올랐다. 임모탄 조의 부하들이 "8기통! 8기통!" 외치던 장면이…….

아리 샘은 가장 가까이 주차된 차로 다가갔다. 그녀는 차 유리를 주먹으로 박살 내더니 잠금장치를 풀고 문을 열었다. 와우, 저게 바로 걸 크러시인가? 말리와 나는 아리 샘에게 존경의 눈빛을 보내며 뒷좌석에 앉았다.

아리 샘은 과감하고, 날렵하며, 빠른 결단력으로 똘똘 뭉친 외계인이었다. 덩치 큰 남자들도 아리 샘의 주먹질 한 방에 나가떨어졌다. 그런 모습을 보니 아리 샘을 향한 온갖 감정이 꿈틀댔다. 사랑과 존경. 우리가 함께하는 이 시간 위에 꽃피운 모험. 아무리 애써도 아리 샘을 공평하게 바라볼 수 없었다. 저런 멋진 여성이 외계인이라니.

외계인을 친구로 둔다는 건 어떤 것일까? 지금으로부터 30년

쯤 후에 술자리에서 친구들에게 자랑할 거리는 되지 않을까? 그저 조그맣고 보이지 않는 훈장처럼. 물론 여기서 무사히 탈출하는 게 먼저지만…….

"아리 샘."

내가 아리 샘을 불렀다.

"응?"

아리 샘은 키 박스에 손을 대고 뭔가에 집중하고 있었다.

"아리 샘은 강하잖아요. 영화 주인공처럼."

"인간의 기준으로 보면 그렇지. 하지만 나는 지구에 적응해서 인간이 할 수 있는 만큼만 능력을 끌어낼 수 있어. 그러니까 노력하면 지구인 누구나 이 정도는 할 수 있다는 말이야."

아리 샘이 말했다.

노력이라고? 그럼 나도 저렇게 될 수 있다는 건가?

문득 그동안 내가 꿈꿔 온 것들과 포기한 것들이 주르르 떠올랐다. 경륜 선수, 프로그래머, 웹툰 작가 등등. 이 모든 것이 이룰 수 없는 환상이 아니라는 뜻이었다. 하지만 적잖이 고생스러울 것 같았다.

아리 샘의 팔에 밝은 점이 생기더니 점점 더 많아졌다. 점이 많아질수록 차 내부가 밝아졌다. 그와 동시에 자동차는 잠에서 깨어나 기지개를 켜듯 시동이 걸렸다.

"왓 더! 키도 없이 시동을 걸었어, 브로."

말리는 차의 진동을 느끼고 신이 나서 소리쳤다.

"그런데 방금 무슨 말 하려고 했어?"

아리 샘이 내게 말하며 기어를 넣고 액셀을 밟았다. 차가 앞으로 튕겨 나가듯이 출발했다. 요란한 마찰음이 나고, 바퀴에서는 연기가 피어올랐다.

"아, 그러니까. 아리 샘은 외계인이고 보통 사람보다 훨씬 능력이 뛰어난데 왜 여기 잡혀 온 거죠? 아까처럼 쉽게 도망칠 수 있었을 텐데."

자동차는 주차장의 나선형 오르막길을 따라 질주했다. 우리의 몸이 한쪽으로 훽 쏠렸다. 나선형 오르막길이 끝나고 다시 넓은 지하 주차장이 나왔을 때 아리 샘이 말했다.

"그건……."

차가 멈춰 섰다. 우리는 아리 샘이 차를 멈춰 세운 영문을 몰라 이어질 말을 기다렸다.

"저 남자 때문이야."

아리 샘이 가리킨 곳을 쳐다보니, 그곳에는 흰머리 남자가 서 있었다. 각진 얼굴에 눈썹과 눈 사이가 너무 가까워 만화 캐릭터 같은 남자, 내게 천연덕스럽게 거짓말을 늘어놓았던 남자였다. 그는 우리 앞을 홀로 가로막고 서 있었지만, 왠지 범접하기 힘든 기세가 있었다. 고수는 고수를 알아보는 법이다.

운전석의 아리 샘과 뒷좌석의 우리는 흰머리 남자를 바라보았다. 그가 차를 가로막고 서서 도대체 무슨 짓을 하려는 건지 짐작이 되지 않았다. 총을 꺼내 든다? 하지만 아리 샘이 다치면 안 될 테니 그러진 않을 것이다. 길을 비켜 줄 생각은 전혀 없어 보였다. 혹시 뇌에 이상이 생긴 걸까? 호두를 너무 많이 먹어서…….

아리 샘은 흰머리 남자와 잠깐 눈싸움을 하더니 그대로 풀 액셀을 밟았다. 자동차 바퀴가 제자리에서 헛돌며 하얀 연기를 뿜어냈다. 기어를 바꾸는 순간, 캐딜락은 우리에서 탈출한 야수처럼 앞으로 튕겨 나갔다. 흰머리 남자는 여전히 그 자리에 서서 우리를 노려보고 있었지만, 아리 샘은 멈추지 않고 차를 몰았다. 간격이 점점 더 좁아지고 있었다. 어, 하는 순간 너무나 뻔하게도 캐딜락이 흰머리 남자와 충돌했다.

우리가 탄 차는 전봇대라도 받은 듯 엄청난 충격으로 휘청이며 지하 주차장을 몇 바퀴 돌다 멈췄다. 우리는 손잡이를 꽉 움켜쥐고 비명을 질렀다. 흰머리 남자는 차에 부딪쳐 튕겨 나갔는데, 어디로 갔는지 보이지 않았다.

"뭐…… 뭐야? 사람을 쳤잖아요!"

"워, 브로. 이게 무슨 상황이야. 아까 그 사람 죽은 거 아니야? 우리 리얼 갱스터가 된 거야? 홀리 몰리."

말리와 나는 흐트러진 자세를 바로잡으며 소리쳤다. 이제 무사히 도망친다는 것은 아무 의미가 없었다. 사람을 다치게 했으니 우리는 벌을 받을 것이다. 이번에는 진짜로 외계인과 공범이 된 것이다. 지구 최초의 합동 범죄로 역사에 한 획을 그을 사건이었다.

그때 차에 치인 흰머리 남자가 주차장 기둥 아래에 쓰러져 있는 모습이 보였다.

"저기 저 남자, 죽었나 봐!"

내가 절망적으로 소리쳤다.

그러나 잠시 후, 무안하게도 흰머리 남자는 비틀거리며 자리에서 일어났다. 그는 V8 엔진을 장착한 이 거대한 SUV에 정면으로 부딪치고도 멀쩡히 일어나 우리를 바라봤다. 남자의 몸에는 피 한 방울 보이지 않았다.

"왓 더! 다시 일어났어. 지저스!"

말리가 소리 질렀다.

아리 샘은 다시 액셀을 밟았다. 차는 그대로 주차장의 나선형 통로로 돌진했다. 우리는 뒤 차창에 다닥다닥 붙어 흰머리 남자의 모습을 눈으로 좇았다. 그는 멀어지는 우리 차를 가만히 쳐다보더니 갑자기 뛰기 시작했다. 몇 년 전 본 〈터미네이터 2〉에 나오는 T-1000처럼 무서운 속도였다.

"끄아, 아리 샘! 저 남자가 우릴 쫓아와요."

"뎀! 저 아저씨 좀비인가? 차에 부딪치고도 멀쩡하네. 아리 샘, 더 밟아요."

차는 주차장 입구에 내려와 있는 차단기를 그대로 박살 내며 질주했다. 정문을 향해 달리는 차 안에서 우리는 흰머리 남자가 계속 쫓아오는지 주시했다. 그러나 흰머리 남자는 우리 시야에서 조금씩 멀어지더니 이내 사라졌다. 아리 샘은 'K 융합 정보 연합 기지'라는 표지판이 붙어 있는 철문 역시 박살 내고 도로 위를 질주했다.

말리와 나는 불안한 마음에 연신 뒤를 돌아봤다. 목이 뻐근해질 정도로. 왠지 이대로 끝이 아닐 것 같은 기분이 들었다.

K 융합 정보 연합 기지가 온통 붉은빛으로 번쩍거리는 광경이 보였다. 그건 마치 우리에게 보내는 경고 같기도, 우리를 놓치지 않겠다는 각오 같기도 했다. 말리는 주머니에서 휴대폰을 꺼내 그 모습을 사진으로 찍었다.

TRACK 16

승철이가 중3 때였다. 녀석의 부모님은 맞벌이를 하느라 집을 자주 비웠다. 승철이는 부모님의 프리한 교육 방식 덕분에 조금 남다른 아이로 성장하는 중이었다. 빅뱅이 터지기 전의 우주처럼, 자아를 갖추기 전의 사춘기 한가운데에 있었다. 승철이 부모님은 자신들이 집을 비우고 없는 시간을 학원 뺑뺑이로 때우려 했지만, 그것은 그리 오래가지 못했다. 승철이가 원하지 않았기 때문이다.

그러던 어느 날, 승철이는 같은 학교 여자아이에게 반하고 말았다. 파마머리를 한 그 여자애가 승철이에게 처음 물어본 것은 아주 짧지만 승철이의 미래를 송두리째 바꿔 놓을지 모를 강렬한 한마디였다.

"음악 좋아해? 힙합 같은 거……."

펑, 빅뱅이 일어났다.

TRACK 17

엔진 소음이 점점 커졌다. 아무래도 아까 흰머리 남자를 치면서 차에 문제가 생긴 듯했다. 그래도 아리 샘은 그런 것에 연연하지 않고 차를 한계까지 몰아갔다. 가로등도 드문드문 서 있는 산길을 빠른 속도로 질주했다. 주변에 산등성이 말고 별다른 게 보이지 않아 여기가 정확히 어딘지 알 수 없었다. 흰머리 남자를 칠 때 깨진 앞 유리가 시야를 방해하자 아리 샘은 주먹으로 유리창을 날려 버렸다. 아리 샘의 주먹질에 앞 유리가 가련하게 나가떨어져 시야에서 사라졌다.

점점 더 외계인의 본성이 나오는 것일까? 우리는 아리 샘이 착한 외계인일 것이라 믿어 의심치 않았지만, 흰머리 남자를 차로 들이받는 광경을 보며 그 생각을 고쳐먹어야 했다. 이대로 우리를 우주선에 태워 외계 서커스단 같은 곳에 팔아넘길 수도 있지 않을까……. 우리가 저지른 죄라고는 그저 순진했다는 것, 세상의 정의와 우주인의 인권과 태양계의 안녕을 바랐다는 것뿐이다. 그게 죄라면 죄일 것이다.

"아리 샘, 아까 그 사람 괜찮겠죠?"

바람 소리가 심해서 큰 소리로 외쳐야 했다.

"뭐라고?"

아리 샘이 전방을 주시하며 소리쳤다.

"아까 그 흰머리 남자요. 그 사람 죽지 않겠죠?"

조금 전보다 더 크게 소리 질렀다.

"괜찮을 거야. 사람이 아니니까."

아리 샘이 말했다.

하지만 귀로 들었다고 해서 그걸 온전히 이해했다는 뜻은 아니다. 공부했다고 머릿속에 다 들어오는 게 아닌 것처럼.

"아리 샘, 그게 왓 두유 민? 사람이 아니라니요?"

말리가 바람에 휘날리는 머리를 부여잡고 말했다. 이런 상황에서도 자신의 헤어스타일을 신경 쓰는 말리가 존경스러웠다.

"그 남자는 사람이 아니야. 그는 랩틸리언이야."

"그게 뭔가요?"

내가 물었다.

"랩틸리언은 도메인과 반대되는 세력이야. 그러니까 그도 나와 같은 외계인이라는 말이지. 도메인은 우주의 균형과 평화를 원해. 그래서 지구를 직접적으로 지배하지 않는 거야. 하지만 랩틸리언은 은하를 장악해 모든 별을 지배하려고 해. 물론 그들의 규모는 도메인에 비해 훨씬 작지만, 지구에도 뿌리를 내리고 여기 지배자들과 뭔가 일을 벌이는 모양이야. 지구인으로 위장해서 영역을 서서히 넓혀 가는 중이지."

아리 샘이 말했다.

이건 어디서 많이 듣던 음모론 같았다. 달 착륙이라든가 버뮤다 삼각 지대, 피라미드에 얽힌 오래된 미스터리처럼 들렸다.

"그럼 아까 그 흰머리 남자가 랩틸리언 외계인이라는 말이에요?"

내가 물었다.

"그래. 지구에는 인간으로 위장한 랩틸리언이 아주 많아. 그들도 나처럼 인간 가죽을 만들어 쓰고 다니거든. 그들은 뛰어난 신체 능력과 화려한 언변으로 인간들 사이에 알게 모르게 섞여 있지. 유명인이나 운동선수 중에도 랩틸리언이 꽤 있어."

"홀리 몰리. 아리 샘, 그럼 우리가 알 만한 사람 중에도 랩틸리언이 있나요?"

말리가 물었다.

아리 샘은 운전대에 손을 얹고 잠시 생각하다 텔레비전에서 몇 명 봤다고 했다. 인간은 랩틸리언을 구분하지 못하지만 자신은 단번에 알아볼 수 있다고 했다. 그녀는 유명인 중에 딱 한 명만 말해 주겠다고 했는데, 바로 알 파치노였다. 그 말을 듣는 순간 온몸에 소름이 돋았다. 〈스카페이스〉에서 그렇게 욕을 찰지게 하고 〈여인의 향기〉에서는 화려한 탱고를 추는 게, 역시 보통 사람은 아니다 싶었기 때문이다.

아리 샘은 여기까지 말하고 다시 운전에 집중했다. 우리도 깨진 차창으로 들이치는 바람과 소음 때문에 더는 입을 열지 않았다. 한밤중에 광란의 질주를 벌이는 차 안에서 뭘 더 할 수 있을까. 나는 그저 재개발 구역에 어서 도착하기만을 빌었다.

그런데 아리 샘이 우주선을 타고 떠나면 우리는 어떻게 될까? 설마 우리도 함께 도메인으로 가는 것일까? 평생 정부 기관에 쫓기며 사는 것보다 외계에서 제2의 인생을 꿈꿔…… 보기는 무슨, 말도 안 되는 소리. 곧 닥칠 미래에 대해 가능한 경우의 수를 상상해 봤지만 나의 조악한 뇌에 부담만 주었다. 창의력이 부족한 모양이다. 호두를 먹어야 하나?

그렇게 20분쯤 달렸을까, 휴대폰을 보니 새벽 두 시 반이었다. 도로를 따라 달리던 차는 이제 강을 앞두고 있었다. 철제 다리를 건너 강 저편으로 가야 했다. 그런데 다리에 가까워지자 그 앞을 가로막은 불빛이 보였다. 자동차 몇 대가 전조등을 켠 채 다리 앞을 지키고 있었다. 이 밤중에 산길을 막고 있을 만한 사람들은 외계인을 쫓는 사람들뿐일 거다.

"아리 샘, 저기 다리 앞에 사람들이 있어요."

"으아, 포기를 모르는 인간들이야. 다른 길도 없는데, 쉣!"

말리와 나는 다리 앞에 나타난 사람들을 보고 절망했다. 뒤로 돌아갈 게 아니라면 우리 앞은 길이 막힌 셈이었다. 그러나 아리 샘은 다리 초입에 가까워져도 속도를 줄일 생각이 없어 보였다. 저 앞에 전조등을 켠 자동차들이 길을 막고 있다는 사실을 전혀 모르는 것 같았다.

"어, 어?"

점점 더 가까워지는 전조등 불빛에 나는 비명을 질렀다. 차 안 어딘가에 달려 있는 경보 장치가 전방의 장애물을 인식하고 비상 경고를 시끄럽게 울려 댔다.

"너희들 꽉 잡아. 그대로 통과할 거야."

아리 샘이 외쳤다.

우리가 탄 차는 다리를 막고 있는 장애물로 돌진했다. 안 그래도 너덜너덜했던 차에 엄청난 충격이 더해지자 번쩍이는 불꽃이 일었다. 음주 운전 근절 캠페인에 쓰면 좋을 법한 장면들이 눈앞에 펼쳐졌다. 유리가 깨지고, 문짝이 움푹 팼다. 말리와 나는 공중에 붕 떠서 종잇장처럼 이리저리 흔들렸다. 안전벨트를 하고 있었기에 망정이지 아니었다면 상상도 하기 싫다. 아리 샘은 이 아수라장 속에서도 핸들에서 손을 떼지 않더니 흔들림이 멎자마자 액셀을 밟았다. 다행히도 다리를 가로막았던 자동차들은 전부 넘어선 것 같았다.

"와우, 브로. 방금 봤어? 너희는 우릴 막을 수 없어. 유남생?"

말리는 신나서 차창 밖으로 고개를 내밀고 외쳤다.

우리는 이번에도 그들의 손아귀에서 벗어났다. 뒤를 돌아보니 구겨진 자동차에서 기어 나온 남자들이 우리를 향해 뛰어오는 게 보였다. 그 모습을 보니 후련함과 함께 탈출에 성공했다는 안도감이 들었다. 저들이 화가 나 방방 뛰는 모습을 보며 즐거움을 느낄 수 있다는 게 좋았다. 우리는 승자였고, 탈출에 성공한 로빈 윌리엄스였다. 승리는 언제나 달콤했다.

빠르게 멀어지는 남자들을 보며 웃고 있는데, 불쑥 흰머리 남자가 보였다. 검은 양복을 입은 남자들 사이에 있어서 그런지 흰머리가 유독 눈에 띄었다. 그는 멀어지는 우리 차를 보며 가슴에 손을 넣었다. 태연한 흰머리 남자를 보자 불길한 예감이 들었다. 화가 나서 담배라도 태우려는 건가, 싶었지만 아무래도 그건 아닌 듯했다. 남자는 가슴에서 무언가를 꺼냈다.

잠시 후, 흰머리 남자가 손에 든 것으로 무슨 짓을 했는지 알 수 있었다. 우리가 달리던 다리 중간에서 거대한 폭발이 일어났다. 굉음과 함께 순식간에 치솟은 불기둥이 어두운 밤하늘을 밝혔다. 일순간 주변 공기가 훅 하고 폭발한 지점을 향해 빨려 들어갔다. 다리는 격렬한 진동에 휩싸였고, 그 위를 달리던 우리의 차도 사정없이 흔들렸다.

"으아, 저놈들. 다리를 폭파했어."

내가 소리쳤다. 폭발로 뜨거워진 주변 공기가 자동차 내부로 들이닥쳤다.

"왓 더! 사람을 죽일 셈인가? 언제 이런 폭탄을 설치한 거야?"

말리와 나는 서로 부둥켜안은 채 이 엄청난 사건 앞에 호들갑을 떨었다. 오직 한 사람, 아니 한 외계인만이 이럴 줄 알았다는 듯 초연한 기색이었다. 아리 샘은 우리가 어떤 난리를 치든 말든 한 치의 동요도 없이 그대로 차를 전진시켰다. 하지만 이렇게 막 나가다가는 우주로 가기 전에 황천길로 갈 것이다. 도로 주행도 이렇게 하면 탈락이다. 기본적으로 막힌 길이 나오면 서야 한다. 그것이 목숨과 재산과 사회 질서의 안녕을 지키는 일이다. 그러나 외계인들은 이런 사실을 잘 모르는 것 같았다.

"아리 샘, 참고로 말하자면 자동차에는 브레이크라는 것도 있거든요!"

내가 소리쳤다.

"요, 스탑. 스탑! 오메, 이러다 다 죽것네."

말리가 울부짖었다.

충격 때문에 맛이 갔는지 어느새 켜진 라디오에서 디제이의 부드러운 목소리가 흘러나왔다. 어떤 사연과 함께 신청곡을 틀어 준다고 말하는 것 같았는데, 소음에 파묻혀 잘 들리지 않았다.

다리 아래로는 강물이 유유히 흐르고 있었다. 폭발로 사라진 부분의 넓이를 보아서는 영화에서처럼 점프 따위로 건널 수 있는 정도가 아니었다. 톰 크루즈 할아버지가 와도 이건 무모한 도전이다. 그러나 넝마 꼴이 되어 가는 차의 속도는 전혀 줄지 않았다. 아리 샘은 차라는 건 오로지 전진만 할 수 있다는 듯 멈추지 않고 달려 나갔다.

"아리 샘, 멈춰요! 이 앞은 낭떠러지예요!"

내가 울부짖었다.

"으아아, 여기서 내 생이 마감이라니. 갓 뎀! 빌보드 근처에도 못 갔는데……."

말리도 울부짖었다.

"너희들 걱정하지 마. 우리는 죽지 않아. 언젠가는 죽을지 모르지만 그게 오늘은 아닐 거야. 날 믿어."

타오르는 불길 속으로 돌진하며 아리 샘이 외쳤다.

지금까지 벌어진 일들. 오늘 밤 말리와 나에게 일어난 믿을 수 없는 일들이 떠올랐다. 대단한 사건의 연속이었다. 죽기 전에 인생이 주마등처럼 스쳐 간다더니 이게 바로 그런 건가? 하지만 자신을 믿으라는 외계인의 말에 나는 그렇게 하기로 마음먹었다.

차는 계속 앞으로 달려 나가서 다리가 끊어진 지점에 거의 다다랐다. 말리와 나는 교회에 다니지도 않으면서 성호를 긋고 기도를 했다. 흔들리는 차체와 타오르는 불길, 깨진 창문 밖으로 휙휙 지나가는 다리의 난간과 들이닥치는 바람 속에서 우리에게 선택지 따위는 없었다. 그저 지금 벌어지는 모든 것을 받아들이는 수밖에.

마침내 차 앞바퀴가 다리가 끊어진 지점에 닿자 말리와 나는 두 눈을 질끈 감았다. 이제 곧 아래로 추락하며 차가운 강물에 풍덩 빠지겠지. 놀이공원에서도 이런 느낌이 싫어서 범퍼카만 탔는데……라는 생각을 할 때, 어디선가 감미로운 음악 소리가 들렸다.

그래, 드디어 우리가 죽었구나. 이건 천사들이 우리를 마중 나오는 소리야. 이제껏 살면서 착한 일을 그리 많이 하진 않았지만, 이 순간만큼은 어쩐지 내가 천국에 가고 있다고 믿었다.

그러나 자동차는 추락하지도, 어딘가에 부딪히지도, 물에 빠지지도 않았다. 엔진 소음마저 사라져 그저 고요했다. 감았던 눈을 살포시 뜨자 내 눈에 처음 비친 건 커다란 달이었다. 믿을 수 없는 이야기겠지만, 우리는 감미로운 음악을 배경으로 훨훨 날아가고 있었다.

"이게 어떻게 된 일이야?"

나는 멍하니 달을 바라보며 말했다. 말리 역시 약간 어벙벙해진 채 "홀리 몰리." 같은 말만 떠들어 댔다.

"날 믿으라고 했잖아."

아리 샘이 백미러로 우리와 눈을 맞추며 말했다.

거울에 비친 아리 샘의 눈은 반달처럼 휘어져 환한 웃음을 그리고 있었다. 내가 흠뻑 반했던 그 깊고 아름다운 눈동자.

달빛 아래에서 우리의 차는 마치 비행선이라도 된 듯 공중에 두둥실 떠 있었다. 〈이티〉의 한 장면, 너무나 유명해서 티셔츠나 포스터로 만들어져 수없이 팔려 나갔던 바로 그 장면처럼 말이다. 우리는 영화 속 어린 주인공들처럼 환하게 웃으며 창밖을 바라봤다.

마법과도 같은 순간이었다. 커다란 달과 불붙은 다리, 그 다리 아래로 흐르는 강물과 우리를 바라보고 있는 양복쟁이들……. 그 광경을 보자 시간이 천천히 흐르는 것 같았다.

나중에 누군가 내게 "당신 인생의 명장면은 어떤 것입니까?"라고 묻는다면 나는 바로 지금 이 순간을 떠올릴 것이다. 쫓기고 있다는 사실도 잊은 채 가슴이 부풀어 올랐다. 말리와 나는 날아가는 차 안에서 승리의 함성을 질러 댔다.

시간이 다시 원래 속도로 흐르기 시작하자 차는 밑으로 점점 꺼졌고, 중력은 꽤 강한 힘으로 우리를 다리 건너편에 내동댕이쳤다. 우리의 엉덩이도 공중으로 크게 한 번 떠올랐다가 좌석에 내리꽂혔다. 그러나 말리와 나는 위기에서 벗어났다는 사실에 엉덩이가 얼얼한 충격 정도는 웃으며 즐길 수 있었다.

우리는 기적(아마도 아리 샘의 능력)과도 같이 양복 입은 남자들, 특히 흰머리 남자를 따돌리고 달려 나갔다. 부지런히 달린 끝에 얼마 지나지 않아 우리의 목적지인 재개발 구역으로 다시 돌아왔다.

TRACK 18

새벽 시간의 라디오는 사람을 말랑말랑하게 만든다. 나지막하고 조용하게 깔리는 디제이의 음성은 그 시간대만이 지닌 고즈넉함을 더해 준다. 음악도 대개 영화 OST나 클래식을 틀어 준다. 시끄러운 록이나 힙합은 새벽과 어울리지 않는다. 나도 그런 잔잔하고 고요한 분위기가 좋아 새벽 라디오를 종종 듣곤 했지만 요새는 통 들은 적이 없다. 새벽 라디오를 주로 듣는 건 아마 나와 달리 늦게까지 공부하는 학생들이나 마감에 쫓기는 프리랜서들일 것이다.

우리의 차가 공중으로 떠올라 달빛 속으로 스며드는 순간 디제이가 사연과 신청곡을 말한다.

"이 새벽에 깨어 있는 모든 분과 함께하고 싶습니다. 여러분이 지금 이 시각까지 깨어 있는 건 무엇을 이루기 위해서인가요? 어디로 가기 위해 잠을 잊고 계시나요? 아마도 미래를 꿈꾸며 지금까지 깨어 있겠지요? 여러분이 언젠가 도착할 미래의 어느 순간에 오늘 밤이 기억되기를 바랍니다. 영등포에 사는 웹툰 작가 지망생 김지숙 님의 사연과 함께합니다. 여러분의 마음을 채워 줄 노래 〈풋 유어 헤드 온 마이 숄더〉, 폴 앵카의 목소리로 들어 보시죠."

TRACK 19

아직 달은 환하게 떠 있었고, 새벽은 계속됐다. 해가 뜨려면 거쳐야 할 이야기가 남아 있었다. 말리와 나, 아리 샘은 우리가 처음 마주쳤던 건물 앞에 서 있다. 반쯤 허물어진 데다 철근 콘크리트 따위가 적나라하게 노출되어 있어 을씨년스러웠지만, 여기도 한때는 사람들이 웃고 울며 살아갔을 장소라고 생각하니 기분이 묘했다.

우리 옆에는 여기까지 타고 온 캐딜락이 덜덜거리는 엔진 소리를 내며 서 있었다. 차창은 날아가고 문짝과 보닛은 찌그러져 볼썽사나운 차체는 우리가 지나온 가시밭길을 고스란히 보여 줬다. 차라기보다는 폐차장에서 갓 태어난 못생긴 생명

체처럼 보였다.

"이제 나는 떠나야 할 시간이야."

아리 샘이 말했다. 그녀는 좀 피곤해 보였다. 아마도 그럴 것이다. 20대 누님이 겪기에 오늘 일은 꽤……. 음, 생각해 보니 아리 샘은 외계인이고, 외계인의 생애 주기를 모르는 나로서는 나이를 짐작할 수 없었다. 그냥 지구 식으로 생각해 보면 아리 샘은 외계인 중에서도 젊은 축에 속하지 않을까 싶었다.

주변에서 풀벌레들이 우는 소리가 들렸다. 여름밤은 벌레들이 가장 왕성하게 활동하는 때다. 작은 벌레도 자기 인생의 황금기인 지금, 아름다운 노래로 생을 만끽하는데 하물며 사람이 이 여름밤을 그냥 보낼까.

"시간이 얼마 없겠죠? 아까 그 사람들, 쉽게 포기할 것 같지 않아요."

내 말에 아리 샘이 고개를 끄덕였다.

"맞아. 지금도 나를 쫓고 있을 거야. 너희하고는 이제 작별할 시간이야."

"아리 샘, 오늘 밤 처음 만났지만 샘을 도울 수 있어서 좋았어요. 오늘 이후 세상을 보는 눈이 많이 바뀔 것 같아요. 세상에는 믿기 어렵고 황당한 일도 존재한다는 걸 배웠어요."

말리는 가끔 제정신이 든 사람처럼 정상적으로 말할 때가 있다. 바로 지금처럼.

"너희를 이런 일에 끼어들게 해서 미안해. 랩틸리언과 우리가 앙숙 관계이다 보니 이렇게 됐어. 그들은 언제나 소란스러운 일을 일으키지. 그리고 내가 지구 사람들에게 큰 실수를 한 것 같아. 피부 가죽을 함부로 방치했으니 지구인들이 놀랄 만해. 지구의 과학 기술은 빠른 속도로 발전하고 있어. 이대로라면 인간은 곧 우주로 진출할 거야. 그에 반해 여러 가지 나쁜 점도 함께 늘어나고 있지. 기술 만능주의에서 비롯된 인간성 상실, 나태함과 이기심으로 팽배한 사회, 피라미드 구조의 계급 문제, 자연환경 파괴……. 셀 수 없이 많은 문제 때문에 도메인에서는 지구를 포기하려고 했어. 지구라는 별 자체의 존폐가 걸린 문제였지. 나는 그 문제를 결정하기 위해 파견됐어. 그게 내 진짜 임무야."

"도메인에서 지구를 없애려 했다고요?"

내가 물었다.

아리 샘이 말한 진실은 놀랄 만한 것이었다. 지구인들이 문제(악덕 기업 총수, 이권만 찾는 정치인, 핵무기, 여자에게 투표권을 주지 않는 지도자들 등)를 방치하고 있는 사이에 지구가 사라질 위기에 처했다는 사실이 믿기지 않았다.

"그래. 도메인은 지구인들이 아무런 성찰 없이 수직적 발전만 추구한다면 우주에 돌이킬 수 없는 문제를 불러올 가능성이 높다고 생각했어. 예전에 랩틸리언이 그랬던 것처럼. 그게 내가 지구에 와서 여러 가지 조사를 한 이유야."

아리 샘이 말했다.

"오 마이 갓! 아리 샘, 그럼 우린 앞으로 어떻게 되나요? 진짜 외계인이 지구를 파괴하나요? 언제? 아직 못 해 본 것도 많은데……."

말리는 마주한 진실 앞에 절규했다.

"너희를 만나기 전까지 나는 지구를 파괴하자는 쪽이었어. 앞서 말한 여러 문제가 사실이 될 게 뻔하다고 생각했으니까. 하지만 생각이 바뀌었어. 도메인에 돌아가면 내가 지구에서 겪은 일들을 이야기할 거야. 지구에는 분명 우리가 우려했던 대로 나쁜 점도 있지만, 회생 가능성도 충분하다고. 내가 만난 두 명의 소년을 포함해서 말이야. 미지의 방문자를 도와준 너희의 따뜻한 마음과 우정을 보면서 난 지구에 아직 희망이 있다고 생각했어."

아리 샘은 이렇게 말하고 우리에게 다가왔다. 숨결이 느껴질 만큼 가까워지자 또 가슴이 요동치기 시작했다. 생기 있는 붉은 입술이 다가와 내 볼을 스쳤다. 순간 얼굴이 확 달아오르는 것이 느껴졌다. 아리 샘이 내 귀에 나지막이 속삭였다.

"도와줘서 고마워."

나는 웃고 있는 아리 샘을 멍하니 쳐다봤다. 아리 샘이 저 가죽을 벗으면 회색 피부에 눈이 얼굴의 반을 차지하는 외계인이라는 걸 알지만, 그녀가 내 볼에 한 키스는 나쁘지 않았다. 옆에 서 있던 말리가 뺨을 내밀자 아리 샘은 내게 했던 것처럼 말리에게도 살짝 키스했다.

"너도 고마워."

아리 샘의 볼 키스를 받은 말리는 기분이 좋아 보였다. 휴대폰을 꺼내더니 이것도 기념이라며 다 같이 사진을 찍자고 했다. 우리 셋은 한데 모여 손가락으로 브이를 그렸다. 찰칵 하는 소리와 함께 두 지구인과 한 외계인의 모습이 담겼다.

"그런데 저 사람들한테서 어떻게 탈출할 거예요? 여기로 돌아오면 뭔가 있을 줄 알았는데……."

사실 그랬다. 여기까지 도망치는 건 좋았지만, 이 뒤에 아리 샘이 어떻게 그들 손에서 벗어날 것인지 감이 잡히지 않았다. 어쩌면 이대로 헤어지기 아쉬워 그냥 던져 본 말인지도 몰랐다. 아리 샘은 몸을 반쯤 돌려 나를 바라보았다.

"그건 걱정하지 마."

아리 샘은 웃으며 카디건 소매를 걷어 올렸다. 드러난 손목에는 전에 봤던 원형 문신이 있었다. 아리 샘은 집게손가락으로 문신을 지그시 눌렀다. 그러자 놀랍게도 바닥에서 빛이 나기 시작했다. 허공에 빛나는 사각형 모양의 선이 그어졌다. 공중에 떠 있는 선은 마치 문이 열리는 것처럼 아래에서 위로 스르르 올라갔다. 차원을 가른 듯한 빛 너머로 통로가 나타나며 주변을 환하게 밝혔다.

점점 밝아지는 빛 앞에서 아리 샘의 실루엣이 점점 바뀌어 갔다. 더는 인간의 모습이라고 보기 힘들 만큼 길고 가는 형태였다. 눈이 부셔서 더는 쳐다볼 수 없었지만, 그녀는 이제 자신의 진짜 모습으로 돌아가 빛 속을 향해 걸어가고 있었다. 밝은 빛 속으로 점차 사라지는 아리 샘을 보며 왠지 모를 아쉬움과 허탈함이 밀려왔다.

"아리 샘, 부디 조심해서 돌아가세요."

"그래, 준호야. 고마워. 언젠가 다시 만날 날이 올 거야. 그리고 내가 약속한 건 지키도록 노력할게."

아리 샘이 외쳤다. 그러나 빛의 공간 너머에서 파이프 오르간 연주 같은 장엄한 소리가 흘러나와 마지막 말은 잘 들리지 않았다.

"와우, 바이브가 엄청나네. 위대한 탈출 영화의 마지막 엔딩. 브로, 유남생?"

사방이 강렬한 빛에 둘러싸이자 말리가 눈을 찡그린 채 외쳤다.

맞다. 영화로 치면 오늘 밤의 여정은 이제 결말 부분에 다다랐다. 아리 샘이 떠난 자리에 우리 둘만 우두커니 남아 밤하늘을 바라보는 가운데, '끝'이라는 글자와 함께 영화는 막이 내릴 것이다. 감독과 각본가, 주연 배우와 스태프 이름들이 스크린에 떠오르고 상영관에 불이 들어온다. 관객들은 주섬주섬 옷과 짐을 챙겨 극장을 빠져나간다. 그렇게 마법과도 같은 시간이 끝나고 다시 일상으로 돌아간다.

말리와 나도 이제 일상으로, 우리를 기다리는 평범하기 짝이 없는 현실로 돌아갈 것이다. 하지만 우리는 영화가 아닌 온몸으로 이 일을 겪었다. 우리의 이야기는 청춘 영화로 시작해서 스릴러와 공포 영화로 발전했다가 마지막에는 SF가 되었다. 그러나 결과적으로 이것은 사랑 이야기다.

아리 샘은 빛 속으로 천천히 사라졌고, 결국에는 빛과 한 덩어리가 되었다. 사방을 밝히던 네모난 빛은 아리 샘이 사라진 후에 자취를 감췄다. 귀를 울리던 웅장한 소리도 사라지고 풀벌레 소리만 들렸다. 다시 모든 게 이전과 같아졌다.

"브로, 이제 끝인가? 아리 샘은 어디로 간 걸까?"

말리가 말했다.

"몰라. 그래도 아리 샘 말대로 안녕 아니겠어?"

내가 조금 허탈하게 말했다.

잠시 후, 얼마 떨어지지 않은 곳에서 진동이 일었다. 예전에 일본에 놀러 갔을 때 겪었던 지진과 비슷했다. 말리와 나는 당황해서 서로의 팔을 붙잡고 넘어지지 않으려고 버텼다. 우리 눈앞에 있는 낡은 건물은 진동을 이기지 못하고 쩍쩍 금이 가기 시작했다.

"왓 더! 이게 대체 무슨 일이야?"

말리는 흔들리는 몸과 다리를 가누려 애쓰며 소리쳤다.

"이거 아리 샘이 돌아간 것과 관계있겠지? 그나저나 저 건물 곧 무너질 것 같아. 조심해."

우리는 무너지는 건물의 잔해를 피하는 데 온 신경을 집중했다. 외벽을 덮었던 벽돌들이 후드득 떨어지고 기둥이 옆으로 쓰러지면서 우리 주위를 아수라장으로 만들었다. 말리와 나는 머리 위로 떨어지는 파편을 피해 목 잘린 닭처럼 이리저리 뛰어다녔다. 마침내 건물이 완전히 무너지자 엄청난 먼지가 날렸다. 우리는 뿌연 먼지 속에서 기침을 하며 불안과 공포에 떨었다. 원인 모를 결과를 받아들이는 인간의 기본자세로 이 난리를 바라보았다.

먼지가 어느 정도 가라앉자 이번에는 공기를 울리는 진동이 느껴졌다. 땅을 흔드는 것이 아닌, 대기를 부드럽게 어루만지는 듯한 진동이었다. 말리와 나는 기침을 멈추고 하늘을 올려다봤다. 100미터쯤 떨어진 곳에서 어떤 물체가 하늘로 떠오르고 있었다.

"브로, 저기 봐!"

말리가 가리킨 곳에는 둥그렇고 기다란 형태의 검은 물체가 떠 있었다. 꼭 옆으로 누운 물방울 형태랄까? 크기가 적어도 예전에 본 보잉 항공기 정도는 됨 직했다. 아리 샘이 타고 온 우주선이 틀림없었다. 우주선이 아니면 저런 형태의 물체가 하늘에 떠 있을 리 없었다. 검은 우주선은 외형을 따라 불빛이 빼곡히 들어와 있었는데, 꼭 심해를 가르는 오징어의 살갗 같았다. 이제껏 한 번도 보지 못한 형태의 물체가 앞선 과학 기술을 과시하듯 밤하늘을 밝혔다. 바람이 불어와 우리를 쓸고 지나갔다. 이윽고 그 거대한 덩어리가 어둠을 가르고 천천히 움직였다.

"저기에 아리 샘이 타고 있나 봐."

나는 입을 반쯤 벌린 채 거대한 비행체를 보며 감탄했다. 아무런 날개나 추진체 없이, 우주선은 마치 농담처럼 하늘에 떠 있었다.

"홀리 몰리, 입이 떡 벌어지게 크네. 이거 SNS에 올리면 사람들이 믿어 줄까? 외계 비행체 도시 한복판에서 발견되다, 라고 말이지."

말리는 휴대폰을 꺼내 하늘에 뜬 우주선을 촬영했다. 어쩌면 신문이나 방송에서 비싼 값에 사 갈지도 모른다고 좋아하면서.

이제 곧 아리 샘은 지구 밖으로, 자신이 살던 별을 향해 날아갈 것이다. 부디 그녀가 무사히 귀환하기를 빌었다. 우주선은 제자리에서 천천히 회전한 다음 하늘을 향해 선체를 세우기 시작했다.

장엄한 순간이었다. 말리와 나는 지칠 대로 지친 몸과 정신으로 아리 샘의 환송식을 치르고 있었다. 우리는 증인이자 생존자였다. 아무도 알아주지 않더라도, 우리는 70억 지구인 중 우주 평화에 이바지한 단 두 명이었다.

이제 모든 것이 끝났으니 우리도 집으로 돌아갈 일만 남았다고 생각할 때, 예상치 못한 일이 벌어졌다. 우리가 서 있는 곳 바로 옆에서 검고 기다란 무언가가 땅 위로 빠르게 솟아올랐다. 땅바닥을 뚫고 올라온 그것이 하늘을 향해 우뚝 섰다. 이대로 이야기가 끝나기에는 아직 시련이 남아 있었던 것이다. 영화로 치면 러닝 타임이 끝나지 않은 셈이다. 요즘은 쿠키 영상이 유행인 시대니까…….

"뎀, 브로. 저건 또 뭐다냐?"

말리가 소리쳤다.

"나 저거 본 적 있어."

솟아오른 기둥의 모양새가 낯설지 않았다. 언제부터인가 동네에 한창 지어지던 것이었다. 밤이고 주말이고 할 것 없이 인부들이 달라붙어 세우던 바로 그 기둥. 말리는 K팝을 상징하는 조형물일 거라고 했지만, 그렇다고 하기에는 연예 기획사 하나 없는 상양동에 과할 만큼 많이 세워졌다. 높이가 20미터는 넘어 보이는 기둥이 한두 개도 아니고 수십 개나 됐다.

우리 주변을 시작으로 재개발 구역 곳곳에서 마이크처럼 생긴 기둥이 연쇄적으로 솟아올랐다. 솟아오른 기둥들은 곧 아리 샘이 탄 우주선을 동그랗게 감싸더니 알 수 없는 빛을 뿜어냈다. 그와 동시에 내 머리카락이 공중으로 스르르 올라갔다.

"브로, 내 머리! 내 머리털이 움직이고 있어. 쉣! 정전기. 저 K팝 조형물이 내 머리를 집어삼키고 있다고!"

말리의 츄파춥스 머리도 마치 누가 빨아 먹기라도 하는 듯 위로 솟구쳐 오르고 있었다.

검은 기둥에서 스파크가 일었다. 그것도 하나가 아니라 주변에 있는 모든 기둥에서 일제히. 스파크는 그물망을 펼치듯 뻗어 나가더니, 아리 샘이 탄 우주선을 나무뿌리처럼 삽시간에 에워쌌다. 아리 샘의 우주선은 거대한 그물에 갇힌 향유고래처럼 보였다. K팝 조형물에서 나온 전자기장은 우주선을 끌어내리려는 듯했다.

뭔가 잘못되어 가고 있다. 그 광경을 걱정스럽게 지켜보고 있을 때, 우리 머리 위로 헬기 한 대가 나타났다. 흰색과 빨간색으로 칠해진 헬기였다. 이내 문이 열리더니 그 안에서 흰머리 남자가 모습을 드러냈다.

"말리, 저기 봐. 그 남자야."

"왓? 아니 뭐야. 벌써 여기까지 쫓아온 거야? 그럼 이 기둥도 설마……."

이제야 상황을 어느 정도 이해할 수 있었다. 우리 동네에 세워진 저 K팝 조형물은 계획의 일부였다. 이 지역에 나타난 외계인을 잡기 위해 저 흰머리 남자, 그러니까 랩틸리언이 쳐 놓은 덫이었다. 어떻게 이런 대규모 공사까지 마음대로 할 수 있는지 모르겠지만, 분명한 건 우리의 일상이 외계인과 깊은 관련이 있다는 사실이었다.

흰머리 남자는 헬기 위에서 전자기장 그물에 걸린 우주선을 바라보고 있었다. 그는 무슨 생각을 하고 있을까? 이렇게까지 수고로운 방법으로 아리 샘을 생포하려는 이유가 뭘까?

재개발 지역 저 멀리 온 동네의 전깃불이 훅 꺼지는 모습이 눈에 들어왔다. 정전된 것 같았다. 이 못생긴 기둥이 동네의 전력을 빨대처럼 빨아들이는 모양이었다. 아리 샘의 우주선은 전자기장 그물 안에서 몸부림쳤지만, 빠져나가기에는 힘에 부치는 듯 이리저리 휘청이기만 했다.

이대로 가다가는 아리 샘이 도메인에 돌아가기는커녕 지구조차 벗어나지 못할 게 뻔했다. 뭔가 해야 했다. 하지만 그 뭔가가 도무지 떠오르지 않았다.

나의 인생은 시계추처럼 지루한 일상의 반복이었다. 그건 내가 다른 많은 것, 이를테면 도전과 고통과 좌절을 외면한 결과이기도 했다. 하지만 인생은 평온함이라는 모래 위에 세워지지 않는다. 균열과 혼돈이 기다릴지라도 평온을 깨고 그 너머에 있는 것을 찾아내야 했다. 나는 지금이 바로 그 순간이라고 생각했다.

"말리."

내가 말리를 불렀다.

"왓업, 브로."

전자기장 탓에 츄파춥스에서 선인장처럼 뾰족한 머리가 된 말리가 나를 바라보았다.

"우리가 아리 샘을 도와야 해."

"댓츠 라잇! 그런데 어떻게?"

나는 우리가 타고 온 폐차 직전의 캐딜락을 가리켰다. 말리는 내가 무슨 말을 하려는지 이해하지 못한 눈치였다.

"너 운전할 줄 알지?"

내가 외쳤다.

"알지, 이론적으론. 포르자 모터스포츠라는 레이싱 게임에서 많이 했어. 거기다가 포스 피드백 핸들로 연습했지."

나는 말리를 끌고 차로 걸어갔다. 삐거덕거리는 문을 열어 운전석에 말리를 집어넣고 나는 조수석에 올라탔다.

"브로, 지금 이게 무슨 상황? 아리 샘 우주선이 저 지경인데 차에는 왜 타는 거야?"

"그래서 탄 거야. 운전해."

내가 말했다.

"뭐? 하지만 난 진짜 차는 운전해 본 적이 없는데……. 그리고 우리가 이 차를 운전한다고 해서 아리 샘한테 무슨 도움이 된다는 거야? 유남생?"

"지금 우리가 할 수 있는 일은 하나밖에 없어."

나는 운전석에 앉은 말리의 어깨를 잡으며 말했다. 최대한 진지한 눈빛으로 말리에게 지금 장난치는 게 아니라는 메시지를 보냈다.

"브로, 우리가 대체 뭘 할 수 있는데? 자동차로 도망가는 거밖에 생각 안 나는데?"

"당장 가서 저 기둥에 이 차를 박아."

나는 앞쪽에서 번쩍이고 있는 기둥을 가리켰다. 말리는 어벙하게 있다가 내 말이 무슨 뜻인지 알아차리고는 아연실색하며 고개를 저었다.

"왓? 저 지옥으로 이 차를 몰고 가 박으라고? 그런 아이디어는 어디에서 나온 거야? 그런다고 뭐가 달라지겠어?"

"나도 몰라. 그럼 우리가 왔던 길로 다시 꽁지 빠지게 도망갈까? 아리 샘이 네바다 사막으로 끌려가서 평생을 고문받으며 외계의 기술을 내뱉어야 하느냔 말이야? 잘 생각해 봐. 아리 샘은 혼자 탈출할 수도 있었는데 우리를 구하겠다고 위험을 무릅썼어. 난 도망치고 싶지 않아. 이 말은 지금 우리가 차로 저 기둥을 박아야 한다는 뜻이야. 신의. 지구에 신의를 지키는 인간이 적어도 둘쯤은 있다는 걸 보여 줘야 해. 유남생?"

내가 소리쳤다.

다시 말하지만 말리는 클리어한 뇌 구조를 지니고 있다. 그 덕택에 내 말을 바로 받아들였다. 앞으로 벌어질 일은 깡그리 잊고 순간에 충실했다.

“뎀! 오케이, 한번 해 보자고. 죽이 되든 밥이 되든 왓에버!”

말리가 외쳤다. 그러고는 비장한 표정으로 안전벨트를 졸라맨 뒤, 다행히 아직 시동이 꺼지지 않은 자동차의 기어를 조정했다. 빛이 번쩍이는 기둥에 차를 갖다 박을 만반의 준비를 마쳤다. 하지만 자동차는 움직이지 않고 제자리에서 굉음만 울렸다.

“너 뭐 하냐? 차가 왜 안 움직여.”

“기다려 봐. 잠깐, 그러니까 기어가……. 그래, 여기에 놓고.”

말리가 기어를 다시 놓고 액셀을 밟자 차가 순식간에 앞으로 튀어 나갔다. 역시 8기통은 힘이 좋구나, 하는 생각이 들었다. 〈매드맥스〉에서 괜히 “8기통! 8기통!” 하며 소리친 게 아니었다.

“그러니까 저기 앞에 보이는 기둥에 갖다 박으면 되겠지?”

“그래, 일단은.”

“오케이. 스웩이 넘치는구먼!”

말리는 알 수 없는 소리를 외치며 차를 전진시켰다. 예상보다 빠른 속도였다. 문득 돌아가신 할아버지의 말이 떠올랐다.

“너도 언젠가 느끼게 될 거다. 인생은 우리가 예상한 것보다 훨씬 빠르게 흘러간다는 걸. 너는 아니라고 할지 모르지만, 내 말이 맞을 거야. 그러니까 두 눈 똑바로 뜨고 지켜봐야 해.”

말리는 처음 해 보는 운전이 신기하고 즐거운 듯 보였다. 나는 곧 닥칠 충격에 대비해 몸을 잔뜩 웅크렸다.

"와우, 브로. 이게 진짜 되네. 집에서 비싼 핸들로 게임 한 보람이 있어. 이제 우리는 발할라로……."

말리의 말이 채 끝나기도 전에 기둥이 우리 눈앞으로 달려왔다. 당연히도 두 물체는 엄청난 기세로 충돌했다. 충돌 방지 경보음이 울렸지만 조금 늦은 것 같았다. 갈 곳 없는 충돌 에너지는 차체를 통해 우리에게 고스란히 전달됐다. 에어백이 터져 나와 사방을 감쌌다. 내 몸은 발사된 로켓처럼 앞으로 튕겨 나가려 했고, 그걸 막으려는 안전벨트가 가슴을 짓눌렀다. 거대한 누군가가 내 몸을 우유갑 모양으로 접는 것 같았다. 숨 쉬기 힘들 만큼 강한 통증이 밀려왔다. 몸에서 영혼이 5센티미터 정도 나갔다가 돌아오는 게 느껴졌다. 그다음으로 고요가 찾아왔다.

정신을 차렸을 때, 캐딜락은 과격한 충돌 이후 생을 마감한 듯 움직이지 않았다. 보닛 쪽에서 스멀스멀 연기가 피어오르더니 파란 불꽃이 훅 하고 일었다. 발할라로 간 건 우리가 아니라 캐딜락이었다.

나는 쑤신 몸과 얼얼한 정신을 추슬렀다. 에어백에서 공기가 빠지자 움직이기가 조금 수월했다. 다행히 어디 부러지거나 찢어진 데는 없는 것 같았다. 그렇지만 짓밟힌 듯한 가슴 통증은 여전했고, 무언가에 긁힌 듯 얼굴이 따가웠다. 옆을 보니 말리는 핸들에 고개를 처박고 있었다. 나는 말리의 몸을 일으켜 세웠다. 녀석은 핸들에 박아 코뼈라도 부러졌는지 얼굴이 피투성이였다.

"말리! 야, 일어나!"

그러나 말리는 정신을 차리지 못했다. 나는 안전벨트를 풀고 차에서 내렸다. 몸이 균형을 잡지 못하고 계속 비틀거렸지만, 멈추지 않았다. 서두르는 이유는 뻔했다. 영화에서는 이러다 차가 폭발하곤 했으니까. 나는 운전석으로 가 간신히 말리를 차 밖으로 끌어 내렸다. 차가 폭발해도 안전한 곳까지 말리를 끌어다 놓고 주변을 살폈다. 우리가 들이받은 기둥은 심하게 파손되어 그 안에 든 기계 장치들이 훤히 보였다. 전자기장을 뿜어내는 것도 멈춘 상태였다.

아리 샘의 우주선은 여전히 그물처럼 뻗은 전자기장에 갇혀 있었다. 그러나 우리가 들이받은 기둥이 고장 나서인지 한쪽이 약해진 게 보였다. 하늘을 올려다보니 헬기에 탄 흰머리 남자가 우리를 노려보고 있었다. 분노 어린 흰머리 남자의 얼굴을 보자 그가 호두를 까던 손으로 당장 내 머리를 두 동강 내지 않을까 하는 두려운 생각이 들었다.

하지만 그런 생각은 오래가지 않았다. 우리가 들이받은 캐딜락 엘리베이터인가 뭔가 하는 차가 자신의 장기를 자랑하듯 하늘 높이 불기둥을 내뿜으며 폭발해 버렸기 때문이다. 그 바람에 차에 받힌 K팝 조형물도 불길에 휩싸였다. 이어 기둥에서 두 번째 폭발이 일어났고, 불길과 전기 스파크가 주변으로 번져 나가며 기둥들이 도미노처럼 줄줄이 터져 나갔다. 기둥들은 제 기능, 그러니까 아리 샘의 우주선을 붙잡고 있던 기능에 과부하가 걸린 것 같았다.

덕분에 아리 샘의 우주선을 감쌌던 전자기장은 빠른 속도로 약해졌다. 그물이 터지듯 마디마디가 끊어져 나갔다. 아리 샘의 우주선은 타이밍을 놓치지 않고 전자기장 그물을 뚫기 시작했다. 마침내 물방울 모양의 우주선이 선체를 완전히 위로 세워 천천히 하늘로 떠올랐을 때.

"헤이, 브로. 저…… 저기."

땅바닥에 누워 있던 말리가 언제 정신을 차렸는지 간신히 손을 들어 아리 샘의 우주선을 가리켰다. 말리는 피투성이가 된 얼굴로 웃고 있었다. 우주선 끄트머리에 매달린 것을 본 나는 말리가 무얼 가리키는지 알 수 있었다. 그것을 보자 나도 허탈한 웃음이 터져 나왔다. 하늘로 떠오르는 아리 샘의 우주선 끝부분에서 빛줄기가 나오고 있었다. 그리고 그 빛줄기 속에는 송아지 한 마리가 매달려 있었다.

잠시 뒤, 그 어떤 방해도 받지 않은 아리 샘의 우주선은 빛의 속도로 사라져 버렸다.

TRACK 20

아리 샘의 우주선이 지구를 떠난 뒤, 우리는 다시 체포되었다. 우리를 체포한 그들이 경찰이 아니라는 것만은 확실했다. 말리와 나는 간밤에 탈출했던 K 융합 정보 연합 기지로 되돌아와 처음 끌려왔을 때처럼 좁고 네모난 방에 갇혔다. 그들이 최소한의 인도적 조치를 취해 준 덕분에 얼굴과 팔에 난 상처를 치료할 수 있었다. 그러나 역시 설렁탕은 주지 않았다.

하룻밤 동안의 기나긴 여정에 지칠 대로 지친 나는 그들이 묻는 모든 것에 대답할 생각이었다. 설사 우리가 관타나모 수용소로 끌려간다 해도 충분히 감내할 용의가 있었다.

당연히 흰머리 남자가 이 취조실에 들어올 거라 예상했지만 어찌 된 영문인지 그는 나타나지 않았다. 호두를 까먹느라 바쁜지도 모른다. 대신 선글라스를 쓴 남자가 지난밤 일을 추궁했다. 앞서 말했듯이 나는 지쳤고, 더는 꾸며 낼 것도 없었다. 사건이 벌어졌고, 그에 맞는 퍼즐 조각만 남은 상황이었다. 예쁜 과외 선생님으로 위장한 외계인이 자신의 행성으로 돌아가는 데 일조했다. 이게 지난밤 내내 내가 한 일이었다.

선글라스 남자는 내 이야기에 심드렁한 반응을 보였다. 무슨 생각을 하는지 모르겠지만, 그는 이제 내게서 흥미를 잃은 듯했다.

이 삭막한 공간에 있자니 갑자기 부모님이 보고 싶어졌다. 아들이 갑자기 사라져서 난리가 났을 텐데, 이제 그 아들은 국가 이적 행위를 한 1급 죄수가 된 셈이다. 영문도 모른 채 아들과 생이별할 부모님을 생각하니 슬펐다. 이렇게 또 한 명의 불효자가 탄생한 것이다.

“이거 작성해.”

선글라스 남자가 말했다.

알 수 없는 서류를 또 넘겨받았다. 아마 신체 포기 각서 같은 거겠지. 나는 지난번과 같은 실수를 반복하지 않기 위해 이번에는 서류를 꼼꼼히 읽었다. 주민등록번호부터 집 주소, 전화번호, 외계인을 언제 어디서 만났는지, 만난 목적이 뭐였는지, 무슨 이야기를 나눴는지까지 빠짐없이 작성하라는 말이 적혀 있었다. 외계인이 남기고 간 것이 있는지, 외계인과 내통하고 있는지도 물었다. 나는 모든 항목을 정직하고 꼼꼼하게 작성했다. 마지막 페이지에는 지난밤 벌어진 일에 대해 발설하면 국가 반역 및 군사 기밀 누설 혐의로 처벌받을 것이라는 내용이 적혀 있었다.

까짓것, 나는 서류가 내게 원하는 모든 것을 맞춰 줬다. 이것만 작성하고 나면 여기보다 더 어둡고 멀리 떨어진 곳에 갇힐 텐데 이깟 게 무슨 상관이란 말인가. 말리도 옆방에서 나와 똑같은 일을 하고 있겠지. 녀석에게 이런 고난과 시련을 안겨 줘 미안할 따름이었다.

"다 썼는데요."

나는 서류를 남자에게 돌려주며 말했다. 정녕 나에게 묻고 싶은 게 저 몇 장의 서류에 다 담겨 있는지 궁금했지만, 입을 다물었다.

남자는 서류를 쓱 훑더니 책상 위로 툭 던졌다. 여기 사람들은 서류를 던지는 게 일상인 것처럼 보였다.

"저희는 어떻게 되나요?"

내가 물었다.

선글라스 남자는 아무 대꾸 없이 자리에서 일어나 문 쪽으로 걸어갔다. 그러고는 손잡이를 돌려 문을 열더니 내게 말했다.

"일어나. 이제 갈 시간이다."

선글라스 남자가 귀찮다는 듯이 내뱉었다. 나는 그의 말이 농담이라 생각했다. 이제 지옥으로 갈 시간이다, 라는 걸 잘못 말한 것 같았다.

"어디로요?"

내가 다시 물었다.

선글라스 남자는 집으로 갈 시간이라고 했다. 나는 어리둥절해서 내가 왜 집으로 가냐고, 감옥으로 가는 게 아니냐고 물었다. 선글라스 남자는 코웃음을 치더니 어서 나가라고 재촉했다. 나는 자리에서 일어나 벽에 달린 거울을 쳐다봤다. 매끄러운 거울에는 멍한 내 모습만 비치고 있었다.

문 앞으로 가 고개를 빼꼼 내밀고 복도를 좌우로 살폈다. 오른편에 코에 붕대를 감은 말리가 서 있었다. 말리도 나처럼 혼란스러운 기색이었다. 나는 어색하게 손을 흔들며 말리에게 다가갔다.

"섭, 브로."

말리가 조용히 말했다.

우리가 복도에 나란히 서자 선글라스 남자가 따라오라고 했다. 곧 익숙한 길이 나왔다. 주차장으로 이어지는 길이었다. 전에 이곳을 지나갈 때는 아리 샘이 남자들을 두들겨 패는 걸 구경하느라 굉장히 즐겁고 신났지만, 이번엔 아니었다. 말리와 나는 쭈뼛거리며 남자를 따라갔다.

캐딜락이 줄지어 선 지하 주차장에 도착하자 선글라스 남자는 우리를 그중 한 대로 데려갔다. 그가 차 문을 열자 안에는 검은 양복을 입은 또 다른 남자 둘이 타고 있었다. 선글라스 남자는 우리에게 어서 타라고 손짓했고, 우리는 머뭇거렸다.

"아저씨, 잘못했어요. 다시는 외계인과 만나지 않을 테니 제발 우리를 실험실로 보내지 말아 주세요."

말리가 두 손을 모으고 싹싹 빌었다.

녀석의 모습은 몹시 불쌍해 보였다. 만약 저것이 연기라면 언젠가 녀석을 영화에 캐스팅해야겠다고 생각했다. 하지만 진심을 담아 참회하는 말리를 보니 어느새 나도 두 손을 싹싹 빌며 살려 달라고 애원하고 있었다. 하품처럼 비는 것도 전염되는 것인지 모른다.

선글라스 남자는 또 콧방귀를 뀌고 우리를 강제로 차에 태웠다. 9인승 SUV 내부는 광활할 정도로 넓었다. 우리가 탔던 캐딜락보다 더 큰 모델인 것 같았다. 우리가 덩치 큰 남자들 사이에 구겨져 앉자 문이 닫히고, 자동차가 곧 출발했다. 나선형 통로를 지나 지하 주차장을 나오니 이미 해가 떠 있었다. 차는 K 융합 정보 연합 기지의 찌그러진 정문을 통과했다.

내 옆에 앉은 남자가 우리의 소지품을 돌려줬다. 나는 휴대폰과 집 열쇠를 챙겼다. 말리는 헤드폰과 껌 한 통, 사탕 세 개, 노래방 적립 카드, 상품권 한 장을 돌려받았다. 휴대폰을 열어 시간을 확인했다. 일곱 시 반. 사람들이 평범한 하루를 시작하는 시간이었다. 관타나모 수용소로 끌려가는 지금, 내가 그토록 바랐던 평범한 순간을 살고 있는 모든 사람이 부러웠다.

남자들은 내가 휴대폰을 봐도 막지 않았다. 부재중 전화가 36통, 문자 메시지는 20통이 넘게 쌓여 있었다. 통화 목록을 열어 보니 엄마와 아빠의 번호가 번갈아 찍혀 있었다. 엄마가 보낸 문자 메시지도 확인했다.

'아들, 너 자꾸 까불래? 사춘기야? 연락해라.'

'너 지금 몇 시인 줄 알아?'

'어디 간 거야? 왜 연락이 안 돼?'

'엄마한테 화난 거야? 아리 선생님 과외 그만두게 해서? 알았으니까 일단 집으로 와.'

'왜 전화 안 받아. 걱정되니까 얼른 연락해.'

'준호야, 무슨 일 있는 거야? 요즘 네가 왜 이러는지 엄마는 정말 모르겠어. 그래도 이건 아니지. 가출이라도 할 생각이니? 아빠도 지금 여기저기 너 찾아다니는 중이야. 걱정시키지 말고 얼른 집으로 와.'

엄마는 내가 아리 샘을 자른 것에 대한 반항으로 가출했다고 여기는 모양이었다. 지난밤 아들이 겪은 일에 대해서는 전혀 모르는 눈치였다. 당연하다. 저녁에 나간 아들이 외계인과 함께 있을 거라고 상상하는 부모는 없을 것이다. 문자 메시지를 쭉 훑어봤다. 스크롤을 끝까지 내리자 꽤 긴 문자 메시지가 눈에 들어왔다.

'아들. 요즘 우리 사이가 좋지 않았지? 그래, 엄마도 인정해. 돌이켜 보면 부모로서 아들인 너를 너무 한쪽으로 몰아붙인 게 아닐까 싶어. 그것 때문에 힘들었니? 네게도 꿈이나 미래가 있겠지? 사실 네가 거실에 누워서, 아니면 방에서 영화 감상에만 빠져 있는 모습을 볼 때마다 엄마는 불안했어. 너는 영화감독이 되겠다고 했지. 그래, 엄마가 미안해. 너를 믿어 주지 못했어. 자식은 현재를 살지만, 부모는 그 모습에서 자식의 미래를 본단다. 이제 널 믿어 줄 테니까 그만 집으로 와. 아들, 사랑해.'

이게 엄마가 내게 보낸 마지막 문자 메시지였다.

'자식은 현재를 살지만, 부모는 그 모습에서 자식의 미래를 본단다.'

가슴에 묵직한 것이 '쿵' 하고 떨어진 기분이었다. 엄마의 메시지를 보고 나니 눈앞이 흐려졌다. 후회가 밀려왔다. 마일스 모랄레스가 말한 것처럼 이건 모두 호르몬 탓이다. 집안의 귀염둥이로 자랐지만, 언제부터인가 엄마 아빠가 답답하고 말이 통하지 않는 사람들이라 느꼈다. 그들과 내가 다른 우주에 살고 있다고 생각했다. 가까워질 수 없는 먼 우주.

하지만……. 언제나 이 '하지만'이 문제다. 이 단어를 쓸 때면 내 미숙하고 잘못된 생각을 깨닫기 때문이다. 엄마 아빠는 이렇게 한결같이 나를 걱정하고 사랑하는데……. 나는 그분들에게 실망감만 안겨 드렸다. 이런 깨달음이 올 때마다 내 탓이 아니라 호르몬 탓이다, 라고 하는 것만이 유일한 탈출구였다.

이제 다시는 보지 못할 부모님을 떠올리자 내가 두 분을 얼마나 사랑하는지 전하지 못한다는 애절함이 속에서부터 기포처럼 올라왔다. 이 얼마나 바보 같은 놈이란 말인가. 꺽꺽대는 울음이 목구멍을 비집고 새어 나왔다. 두 눈에 맺힌 눈물이 볼을 타고 줄줄 흘러내렸다. 나는 휴대폰을 움켜쥔 채 고개 숙여 울었다. 그런 내 모습에 말리는 깜짝 놀랐는지 어버버하다 이내 녀석도 닭똥 같은 눈물을 흘리기 시작했다. 아마 나와 같은 미래를 예감하는 듯했다. 눈물 콧물 줄줄 흘리는 우리를 보고도 옆에 앉은 건장한 남자들은 미동조차 없었다. 조금이나마 인간적인 연민을 느껴 사회의 마지막 국밥이라도 한 그릇 사 주기를 바랐지만, 훈련받은 요원들이라 그런지 냉정하기만 했다.

"다 왔다. 내려."

선글라스 남자의 말에 우리는 눈물 콧물 범벅이 된 채 고개를 들었다.

자동차 문이 열리고, 열린 문 너머로 바깥세상이 보였다. 우리가 어리둥절해하자 남자들은 우리를 잡아 거의 던지다시피 내팽개쳤다.

"어? 어?"

말리와 나는 어정쩡하게 길에 던져졌다. 선글라스 남자는 다시 차에 올라타 문을 닫고는 그대로 사라져 버렸다. 아침 햇살을 받으며 등교하는 다른 학생들 사이에서 우리는 붕대를 감은 꾀죄죄한 몰골로 조금 쑥스럽게 서 있었다.

"이게 뭐냐?"

내가 말리를 보고 말했다.

"모, 몰라, 브로. 저 아저씨들 정말로 우릴 풀어 준 거 같은데……."

우리는 한동안 그 자리에서 꼼짝하지 못했다. 한 발짝이라도 떼면 캐딜락이 도로 와서 '짜잔, 몰래카메라!'를 외치며 다시 잡아갈 것 같았다.

버스와 자동차가, 사람들이 우리를 지나쳐 갔다. 학생, 아줌마, 직장인, 그 밖의 모든 사람이. 그들은 궁상맞은 모양새로 서 있는 우리에게 잠시 관심을 두었다가 제 갈 길을 갔다. 시간이 흘러도 별다른 일은 벌어지지 않았다. 우리는 눈물과 콧물이 말라붙은 서로의 얼굴이 조금 뻘쭘해서 옷으로 닦아 냈다. 그러고도 한동안 그 자리에 서 있다가 각자의 집을 향해 걸어갔다.

TRACK 21

어둠 속에서 흰머리 남자의 손이 움직였다. 그는 손에 든 호두를 굴리다가 엄지와 검지를 이용해 껍질을 부쉈다. 껍데기는 버리고, 조심스럽게 호두 알갱이만 집어 입으로 가져갔다. 천천히, 아주 천천히 호두를 음미하며 씹었다. 흰머리 남자 뒤로는 검은 양복을 입은 사내들이 늘어서 있었다. 흰머리 남자의 시선은 이중 유리 너머 취조실을 향하고 있었다. 그는 책상에 앉아 서류를 작성하는 준호를 차가운 눈으로 바라봤다.

"어떻게 할 생각이십니까?"

옆에 서 있던 남자가 물었다. 흰머리 남자는 말없이 호두를 씹었다. 부하의 질문에 잠시 생각하는 듯 보였다.

"풀어 줘."

"네?"

"그 여자가 이미 도망간 마당에 저 꼬마들을 어디에 쓰겠어. 그냥 서류나 받아 놓고 풀어 주라고."

"하지만……."

"괜찮아. 꼬마들이 무슨 말을 한들 세상에 알려지는 일은 없을 거야. 매스컴이나 인터넷은 우리가 통제할 수 있잖아. 그리고 그 여자는 분명 다시 돌아올 거야. 어떤 방법으로든 저 꼬마와 접촉할걸. 날 믿어. 우리는 당분간 저 꼬마를 감시하면 돼. 그럼 기회가 다시 온다는 거지. 그러니까 지금은 풀어 주는 게 맞아."

흰머리 남자가 호두를 씹으며 말했다.

하지만 그의 부하는 의문이 해소되지 않은 듯했다. 부하는 최근 들어 상사의 행동에 묘한 구석이 생겼다고 생각했다. 흰머리 남자는 조용히 다음 호두를 집어 손안에 굴렸다. 이중 유리 너머에서 울상이 된 꼬마를 본 흰머리 남자는 야릇한 웃음을 흘렸다.

"흥, 재밌는 놈이야."

흰머리 남자가 손에 힘을 주자 손안에서 굴러다니던 호두가 두 동강 났다.

TRACK 22

새로운 아침이 밝았다. 이전과 다를 게 없었지만, 새롭다는 건 분명했다. 어떨 때 시간의 흐름은 지독하게 느려서 눈치채기 힘들 정도다. 매일 같은 음식, 같은 옷, 같은 생활의 반복이 인생을 무료하게 만들듯이. 하지만 결국 모든 건 새롭다. 우리가 미처 눈치채지 못하는 사이에 많은 것이 서서히 변하고 움직이기 때문이다. 그런 느릿느릿한 변화에 불평하기보다 아침마다 감사하는 마음으로 눈을 뜬다는 건 내가 좀 더 나은 사람이 될 수 있다는 뜻일 것이다. 그게 좋다. 감사하는 마음.

내가 돌아오자 엄마는 화를 내며 등짝을 때리고는 눈물을 흘렸다. 옆에 선 아빠는 주머니에 손을 꽂은 채 먼 곳만 바라보았다. 어디 갔었느냐는 질문에 그냥 답답해서 말리와 함께 바다에 가서 일출을 보고 왔다고 했다. 촉이 예민한 엄마는 그 말을 믿지 않았다. 내 얼굴에 난 상처를 의심스러운 눈초리로 쳐다봤지만, 더 캐묻지는 않았다. 그저 내가 집에 돌아왔다는 것만으로도 고맙게 여겼다. 아빠는 이럴 거면 다음에는 미리 말하고 차비라도 받아 가라고 했다. 나는 거기에 어떤 말도 더 하지 못하고 고개만 끄덕였다.

엄마가 밥은 먹었는지, 뭘 먹고 싶은지 물었다. 나는 설렁탕이라고 대답했다. 엄마는 내 대답에 묘한 눈빛을 보내더니 냉동고에 얼려 놓은 곰국을 끓이고 수육을 삶아 설렁탕을 차려 줬다. 허겁지겁 밥을 먹는 내내 부모님은 아무 말 없이 나를 쳐다봤다. 밥을 다 먹자마자 밀려오는 피로에 내 방으로 들어가 침대 위에 쓰러졌다. 그 뒤로 열여덟 시간을 내리 잤다.

눈을 떠 보니 다시 아침 햇살이 비치고 있었다. 눈을 비비며 일어나니 머리맡에 포장지에 싸인 상자가 놓여 있었다. 카드도 그 옆에 함께 있었다.

나는 기지개를 켜고 일어나 포장지를 뜯고 상자를 열었다. 그 안에는 소니 캠코더가 들어 있었다. PXW-Z90 4K라고 떡하니 적혀 있었다. 내가 자는 동안 엄마 아빠는 이걸 사 온 모양이었다. 평소 같으면 쾌재를 불렀겠지만 지금은 왠지 부모님에게 죄송한 마음이 들었다. 이 캠코더는 엇나가기 시작하는 아들에게 바치는 제물 같은 것이었다. 기우제를 지내는 인디언처럼, 불량한 아들의 품행이 바뀌기를 간절히 빌면서…….

지난밤 내가 겪은 황당한 모험을 엄마에게 이야기하고 싶었다. 그러면 적어도 아들이 일탈했다는 오해는 하지 않겠지. 하지만 그 이야기를 하는 순간 나는 관타나모 수용소로 끌려간다. 아들이 가출했다고 오해하는 편이 나아 보였다. 나는 카드를 열어 보았다.

아들, 많이 피곤했구나. 자는 너를 보니 어릴 적 네 모습이 떠올랐다. 너는 아빠와 엄마가 귀엽고 사랑스러운 아들을 뒀다는 자부심을 느끼게 해 줬어. 지금 네가 자는 모습을 보면서도 그 마음을 느낀단다. 사랑한다. 언제나 너를 응원할게.

카드를 읽고 나니 또 눈시울이 붉어졌다. 사랑, 두말할 필요도 없이 이건 사랑이었다. 사랑은 존재하는 것이었고, 불변하는 것이었다. 이제 충분히 알 것 같다. 눈물을 닦고 캠코더를 살폈다. 그렇게 바라던 것이었지만 막상 내 손에 들어오니 이것으로 무엇을 해야 할지 막막했다.

나는 어색하게 방에서 나와 엄마가 차려 준 아침을 먹고 학교에 갔다. 집을 나서면서 큰 소리로 “다녀오겠습니다!”를 외쳤다. 학교까지 걸어가는 동안 왠지 뒤통수가 따가워서 뒤를 돌아보니 골목 어귀에 검은색 캐딜락이 서 있었다. 나는 그게 무슨 뜻인지 알았다. 내 이야기는 지난 시간과 함께 함구해야 한다는 뜻이었다.

교실에 들어서자 애들이 어제 왜 학교에 안 왔는지 물었지만, 나는 배탈이 나서 병원에 있었다고만 했다. 혜진과 민서, 현수는 그저께 밤에 벌어졌던 대규모 정전 사태에 관해 이야기했다. 그런 정전은 듣도 보도 못했다고 했다. 현수는 혹시 하늘로 솟구친 빛 기둥을 봤느냐고 물었다. 그런 것을 봤다는 애가 아무도 없어서 괜히 내가 안심됐다.

그렇게 수업을 듣는 둥 마는 둥 하다 보니 하교 시간이 됐다. 엄마가 학원에 오늘은 쉰다고 말해 두어서, 나는 집으로 가는 길에 서점에 들렀다. 전문 서적 코너로 가 시나리오 작법과 영화 연출에 관한 책을 한 권씩 샀다. 두께가 엄청나서 베개로 써도 될 것 같았다. 이렇게 두꺼운 책을 과연 다 읽을 수 있을지 의심스러웠다.

말리에게 전화를 걸어 보니 녀석도 좀 싱숭생숭한 것 같았다. 말리는 휴대폰을 잃어버렸다고 속상해했다. 아리 샘과 우주선 사진을 실컷 찍었는데, 휴대폰을 잃어버리는 바람에 모조리 날려 먹었다는 것이다. 말리가 잃어버린 휴대폰은 불타는 캐딜락과 운명을 같이했을 것이다.

말리가 휴대폰을 잃어버려서 다행이었다. 그 휴대폰을 가지고 있었다면 녀석은 언젠가 전 세계 인터넷에 사진을 뿌렸을 테니까. 그건 꽤 곤란한 일이었다. 묻어 둘 것은 묻어 두어야 했다. 나는 말리를 위로했다.

그러고는 말리에게 사건 이후 누가 쫓아다니지 않느냐고 물어봤더니 검은색 캐딜락이 보인다고 했다. 우리 둘 다 감시받고 있었다. 몸은 좀 어떠냐고 묻자 말리는 코뼈가 부러져 숨 쉬기가 불편하지만, 이참에 콧대를 높일 수 있어서 좋다고 했다. 그 말을 들으니 조금 마음이 놓였다. 말리는 변하지 않았다.

TRACK 23

그 뒤로 몇 주가 지났다. 내가 겪은 엄청난 모험을 생각한다면 이렇다 할 일은 벌어지지 않았다.

나는 가방을 메고 평소에 자주 가던 편의점으로 향했다. 편의점 문을 열자 말리가 나를 반겼다. 말리는 츄파춥스 파마를 풀고 단정한 모습이었다. 그뿐만이 아니었다. 말리는 편의점 유니폼을 입고 나를 맞이했다.

"여, 왔어. 브로."

말리가 말했다.

"어, 알바는 어때? 할 만해?"

내가 물었다.

"그냥 그래. 하지만 야간 알바보다는 편하지. 새벽에는 진짜 별의별 인간들이 다 온대. 술 취한 아저씨, 노숙자, 집 나온 중학생, 좀도둑에 외계인까지."

말리는 '외계인'이라 말할 때 나를 보며 싱긋 웃었다. 정말 그럴까? 새벽 시간대에 편의점을 기웃거려 봐야 하나.

"돈 모아서 고3 되면 꼭 차 살 거야. 8기통 캐딜락은 아니겠지만. 엄마한테도 말했어. 알바비 모아서 중고차 사도 된다고 허락받았지."

말리가 손가락으로 브이 자를 만들며 말했다.

녀석의 코는 아직 부기가 남아 있었지만, 정말 콧대가 좀 올라간 것처럼 보였다. 우리에게 눈치 주던 알바 형은 복학하기 위해 떠났고, 그 자리를 말리가 대신하고 있었다. 말리의 가슴께에서 '이승철'이라는 본명이 적힌 아크릴 명찰이 반짝였다.

"어때?"

말리가 물었다.

"뭐가?"

"그냥 전체적인 거, 브로. 안부 인사 같은 거야."

말리가 말했다.

"어제도 통화했잖아. 요즘 시나리오 작법서 보고 있어. 생각보다 두껍고 무슨 말인지 모르겠는 내용도 많아. 그래도 재미있어. 할 만하다고 해야지."

나는 등 뒤에 멘 빵빵한 가방을 툭 치며 말했다.

"브로, 잠깐씩 드는 생각인데……. 우리가 외계인을 만났다는 게, 우주선이 슝 하고 날아가는 걸 봤다는 게 믿기지가 않아. 진짜 아쉬운 건 증거로 찍은 사진들이 전부 불길 속으로 사라져 버렸다는 거야, 젠장. 평범한 고등학생 중에 누가 그런 걸 경험해 봤을까? 안 그래?"

"너 그런 얘기 아무 데서나 하면 안 된다."

내가 말했다.

말리는 콧방귀를 뀌며 손을 내저었다.

"왓업, 브로. 안다고. 다른 사람들 귀에 들어가면 관타나모로 끌려간다는 거. 그래도 우리가 겪은 일은 변함없어. 그건 사실이잖아. 스웩 넘치는 이야기지."

말리가 말했다.

말리와 나는 편의점 카운터에 나란히 기대 밖을 내다봤다. 창밖으로 보이는 한여름의 햇살이 눈부셨다. 햇살이 편의점 내부를 메우자 꼭 얕은 바닷속에 잠겨 있는 것 같았다. 시간이 잠시 멈춘 듯 햇살의 편린만이 편의점 안을 떠다녔다. 우리 둘은 잠시 아무 말 없이 그 시간을 즐겼다.

편의점 입구와 이어지는 대로변에 검은색 캐딜락이 서 있는 게 보였다.

"저 아저씨들은 왜 저렇게 티 나게 감시할까?"

내가 말했다.

"일부러 저러는 거 아닐까? 완벽하게 숨어서 감시하면 우리가 떠들고 다닐지 모르니까 아예 대놓고 보여 주는 거지. 너희는 감시받고 있다, 그러니까 주둥이 잘 놀려라, 라고. 유남생?"

우리 주변을 배회하는 검은색 캐딜락이야말로 우리가 진짜로 외계인을 만났다는 증거였다. 하지만 저런 미행도 몇 주째 이어지니 긴장감도 흥미도 떨어졌다.

"말리, 음료수 몇 개만 줘 봐. 피로 회복 되는 거로."

"뭐 하게?"

"저 아저씨들 좀 갖다주게."

내가 말하자 말리는 껄껄대며 좋은 아이디어라고 했다. 말리에게서 비타민 음료를 받아 들고 편의점을 나서려 할 때였다.

"저기 봐."

말리가 창밖을 가리켰다. 거기에는 조금 꽉 끼는 양복을 입은 아저씨가 지나가고 있었다.

"저 아저씨, 기억 안 나?"

"모르겠는데?"

조금 어정쩡한 자세로 걷고 있는 30대 중반 아저씨를 내가 어떻게 알겠나? 조금 낯이 익긴 한데…….

"아! 그 형님이구나!"

내가 소리쳤다.

말리는 "댓츠 라잇." 하며 고개를 끄덕였다. 편의점에서 자주 마주치던 떡 진 머리에 뿔테 안경을 쓰고 사시사철 추리닝 차림의 공시생 형님이었다. 세상의 규범과 담쌓은 듯 자신만의 스웩으로 뉴스와 걸 그룹 동영상을 이어폰 없이 보던 형님.

"취직했나 봐. 저 형님."

말리가 말했다.

그래서인지 몰라도 늘 구겨져 있던 얼굴이 한층 밝아 보였다. 평일 대낮에 편의점 파라솔에서 죽치던 형님을 보며 우리는 저렇게 되지 말자고 했던 게 떠올랐다.

하지만 모든 건 변한다. 좋은 쪽으로든, 나쁜 쪽으로든. 시간이 흐른다는 증거다. 나는 캠코더를 얻었고, 말리는 알바를 하고, 저 형님은 취직을 하고, 아빠는 낚시를 시작했고, 외계인은 떠났다. 나는 저 형님이 다단계 회사 같은 곳에 들어간 게 아니길 빌었다. 공시생 형님의 밝은 얼굴이 오래 지속되기를…….

"브로, 이따 저녁에 연락해."

나는 고개를 끄덕이며 편의점을 나섰다. 우리를 감시하는 아저씨들에게 비타민 음료를 주려 했지만, 어느새 캐딜락은 사라지고 없었다.

그렇게 평범한 나날들이 이어졌다. 같은 반 애들도 이제 이 동네에서 일어났던 연쇄 살인을 잊고(인간 가죽에서 DNA가

발견된 사람들 모두 멀쩡히 살아 있었다), 대규모 정전을 잊고, 하늘에 번쩍였던 빛을 잊었다. 일상이 다시 우리 주변을 풍족하게 채워 나갔다.

나도 시곗바늘처럼 규칙적이고 정확한 세계 안에 놓였다. 안락함과 달콤한 평온. 폭풍처럼 몰아쳤던 그날의 기억이 없다면 결코 느낄 수 없는 잔잔함이었다. 나는 아리 샘을 잃는 대신 무언가를 찾았다. 그게 정확히 뭔지는 모르겠지만 반복되는 일상이 예전처럼 지겹게 느껴지지만은 않았다. 나는 내가 할 수 있는 일을 찾아 나아갔다. 인간의 노력으로 성취할 수 있는 그 무언가를.

점심시간에 짬이 나 가방에서 시나리오 작법서를 꺼냈다. 두껍다. 역시 베개로 써도 손색없을 두께다. 나는 어제 읽다 만 페이지를 펼쳤다. 노트를 펴고 책에 적힌 사건의 전개 과정을 필사했다. 이제 영화를 볼 때도 이전과 다른 시선으로 접근해 본다. 인물의 감정과 사건의 변화를 보고, 빛과 시간의 흐름을 본다. 미장센은 어떤지, 카메라 동선은 어떤지를 관찰하고, 역사 속에서 영화가 발전해 나간 발자취를 따라간다. 그럼으로써 이전과 다른 나를 그린다.

캠코더 사용법도 유튜브로 독학 중이다. 운동장에서 뛰노는 아이들의 목소리가 들려왔다. 더운 여름 공기가 목덜미를 살살 간질이자 나른함이 느껴졌다. 손으로 필사를 하면서도 점점 감기는 눈꺼풀을 막을 수 없었다. 나는 의자에 앉은 채로 눈을 감았다. 잠에 빠져드는 찰나, 할아버지의 실루엣이 보였다.

점심시간이 끝났음을 알리는 벨 소리가 울려 퍼졌다. 그때까지 비몽사몽 잠에 빠져 있던 나를 옆자리 애가 깨웠다. 눈을 떠보니 어쩐 일인지 담임이 교탁 앞에 서 있었다. 지금은 국어 시간인데……. 왜 수학 담당인 담임이 교실에 있는지 궁금했다.

"자, 잠들 좀 깼나? 젊은 놈들이 병든 닭처럼 꾸벅대긴. 모두 정신 차려라. 이제 곧 중간 모의고사가 있지? 잘 준비해서 의미 있는 성적 거두길 바란다."

담임의 말에 우리는 야유를 보냈다.

"알아, 알아. 공부 얘기 지겹지. 그래도 이왕 하는 거 조금 더 고생하면 좋은 날 오겠지. 그때까지 힘내라."

저런 소리나 하려고 국어 시간에 침입한 건가, 라고 생각할 때였다.

"자, 똑바로 앉고. 지금은 너희에게 새로 오신 국어 선생님을 소개하기 위해 왔다. 국어 담당이신 김민주 선생님이 출산휴가에 들어가셔서 새 국어 선생님이 오셨다. 자, 이 선생님 들어오시죠."

담임이 반쯤 열려 있는 앞문을 향해 말했다.

교실 문이 열리면서 새로운 국어 선생님이 들어왔다.

살면서 영화 같은 순간을 경험한 적이 있는가? 나에겐 있다. 동공이 커지면서 심장이 두근대고, 누군가에게서 뿜어져 나오는 광채를 느끼는 순간. 참과 거짓이 혼재된 순간. 덜덜거리던 엔진 소리와 캐딜락을 타고 커다란 달 아래를 날아가던 순간. 시간이 멈춘 듯한 순간에 라디오에서 흘러나오던 감미로운 팝송. 백미러에 비친 눈동자에 담긴 깊고 넓은 푸른색의 우주.

그런 순간이 바로 지금 우리 학교, 나의 교실 안에서 펼쳐지고 있었다. 나는 이 장면을 어디선가(아마도 우리 집 거실에서) 본 적이 있다. 예전에 노란색 원피스를 입고 내게 미소 짓던 여자가 있었다. 새로 온 국어 선생님이 문을 열고 들어오는 모습을 보며 내가 사랑했던 외계인을 떠올릴 수밖에 없었다.

새 국어 선생님은 성큼성큼 걸어 들어와 칠판에 자신의 이름을 쓰고 뒤돌았다. 그 모습에 나는 뛰는 가슴과 기쁨과 놀라움을 억누를 수 없었다. 긴 갈색 머리, 웃으면 반달처럼 휘어지는 눈, 시원한 웃음이 잊어버린 기억과 감각을 깨웠다.

나는 깨달았다. 이게 아리 샘이 떠나며 말한, 내게 해 줄 수 있는 그 무언가라는 사실을. 이제 이 이야기는 해피 엔딩으로 끝날 준비를 마친 것 같았다. 하지만 끝이라는 글자와 함께 막이 내려가지는 않을 것이다. 나의 이 뛰는 가슴과 함께 언제까지고 영원히 이어질 것만 같았다.

지금 이 순간, 모든 것은 말리의 말대로 스웩이 넘쳐나고 있었다. 나의 모험과 우정과 사랑이 지나간 자리에도.

돌아가신 할아버지의 목소리가 귀에 들렸다.

"이게 진짜지."

나는 확실히 웃고 있는 듯했다.

작가의 말

아들이 초등학교 저학년이었을 때 함께 전집을 읽은 적이 있다. 지식 백과를 다루는 전집이었는데, 그중 'UFO의 비밀' 편을 함께 읽었다. 거기서 뉴멕시코 로즈웰 사건을 알게 됐다.

1947년 7월, 로즈웰 군사 기지에서 미확인 비행접시의 잔해를 발견했다고 발표한다. 그런데 다음 날 육군 항공대에서 UFO가 아닌 기상 관측용 기구였다는 보도를 내면서 논란이 된 사건이다. 그 이후 로즈웰 사건은 호사가들에 의해 살이 붙어 이런저런 이야기로 확장되었다. 대부분은 외계인과 미국 정부가 관련된 음모론이다. 이런 이야기들은 내게 흥미를 불러일으켰고, 무언가를 쓰게 이끌었다.

나는 먼저 '준호'라는 인물을 만들어 외계인과 관련된 이야기 속에 집어넣었다. 다소 몽상가적인 기질이 있는 준호는 평범한 현실에 만족하지 못하고 세상에 무언가 더 멋진 일이 있다고 믿는다. 물론 자신의 꿈에 가까워지려는 노력은 서툴고 어리숙하기 짝이 없지만, 누구에게나 미숙한 시절은 존재한다.

오늘날 현실은 모두에게 인생의 모범 답안이 존재한다고 말하는 듯하다. 청소년들에게는 더더욱. 나는 그런 현실을 준호를 통해 조금 다르게 보고자 했다. 거기에 래퍼가 되고자 하는 '말리'라는 괴짜 캐릭터를 만들어 준호와 짝을 지어 주었다.

그렇게 대한민국 고등학생이라는 암울한 현실에서 탈출한 듯한 이 두 명에게 소설을 이끌게 했다. 어리숙하고 바보 같은 선택을 해도 그저 밉지 않을 녀석들. 나는 그런 인물을 좋아한다. 일상에 지친 독자들이 이 두 친구를 보고 잠깐이라도 미소 지을 수 있다면 나에겐 크나큰 기쁨일 것이다.

『오늘 밤은 스웩이 넘칠 거야』는 준호와 말리의 버디물에 미스터리 장르를 더한 것처럼 보이지만, 결국 소설에서 말하고자 했던 것은 사랑이다. 청소년이 등장하는 소설에서 주인공의 좌절과 성장은 필수 불가결한 요소처럼 보인다. 어쩌면 당연한 일인지도 모른다. 유년기를 벗어나 처음 마주하는 세상은 우리에게 친절하지도 따뜻하지도 않으니까. 세상의 냉정한 면을 맞닥뜨리는 순간에 우리를 지켜 주는 것은 사랑이다. 비단 연인 간의 사랑만이 아니라 친구, 가족 간의 사랑은 우리 인생의 든든한 버팀목이 되어 줄 것이다.

『오늘 밤은 스웩이 넘칠 거야』에는 많은 영화가 등장한다. 〈매드 맥스〉 〈데어 윌 비 블러드〉 〈제리 맥과이어〉 〈ET〉 〈매트릭스〉 〈스파

이더맨: 어크로스 더 유니버스〉 등등 헤아릴 수 없이 많은 영화를 인용했다. 이는 영화 한 편을 고르기 위해 평을 신중하게 살폈던 그때 그 시절 영화에 바치는 나의 작은 사랑과 헌사이기도 하다.

그림책과 동시집, 그래픽 노블 등 많은 책을 냈지만, 소설을 내는 건 이번이 처음이다. 주로 어린이책을 만들었는데 그 책을 보던 친구들이 이제 중학생, 고등학생이 되었다. 그들이 서점에서 『오늘 밤은 스웩이 넘칠 거야』를 발견하고 반가운 해후를 할 수 있기를 기대해 본다.

이 책을 만들면서 많은 사람에게 신세를 졌다. 언제나 첫 번째 독자가 되어 준 나의 반려자와 사랑하는 아들 파랑이, 30년 지기 지혁이, 부족한 글을 다듬어 준 편집부와 이 작품을 읽고 준호와 말리의 모험에 흔쾌히 동참해 준 우리학교 출판사 등 모든 분께 감사를 전한다.

2024년 봄을 기다리며,
강경수